傷弓の小鳥

酒井　彩名

東京図書出版

寒さが身に染みる季節ですが本田さんはいかがお過ごしでしょうか？

かつて本田さんの下で働いていた新米刑事の富樫(とがし)です。こうして手紙を書かせて頂くのは五回目になります。私のことを覚えていらっしゃいますでしょうか？

奥様から本田さんがご退院されたと聞き、ホッとしております。認知症の症状も、段々回復に向かっていると聞きました。心より安堵しております。

なかなか時間が取れず、ご挨拶に伺うことができなかったことをお詫びいたします。本田さんが退職されて以来ですので、もうすっかりご無沙汰となってしまいました。こちらは相変わらず毎日のように事件に追われる日々です。

先日、徹夜明けで髭を剃っていたところ、手が滑って血を垂らしてしまいました。情けない話です。

本田さんがいたら、と毎日のように思います。自分がこの手紙を書いたのには理由があります。本田さんにお伝えしなければいけない事があるからです。

自分は今年いっぱいで今の職を辞めようと思っています。こんな仕事を二十年も続けてこられたのは、本田さんのおかげです。あの時、退職届を出そうとした自分を引き止めてくれた本田さんを、このような形で裏切ることになってしまい、大変申し訳ありません。

本田さんは気にするなと仰いましたが、自分はこの季節になると必ずあの事件を思い出します。十二月の刺すように冷たい空気。氷のように冷たい海。打ち揚がって干からびた魚。

あの子達が生きていれば、今頃三十代前半でしょうか。結婚をして、子供を授かっていてもおかしくない歳です。

朝、職場に向かうため最寄り駅までの道を歩いていると、近所の中学生達とすれ違います。先日まで半袖一枚でビーチボールを片手にしていた子達が、今はマフラーや手袋、耳あてなど重装備で学校へ向かっています。あの子達は、きっと学期末のテストや、部活の練習が厳しい事や、隣のクラスの好きな人の話で盛り上がっているのでしょう。

中学生は、とても多感な時期です。

様々なことを経験し、人生経験を積むための大切な期間だと自分は思っています。自分が中学生の時など、とうの昔の事ですが、あの頃は両親に反抗ばかりしていたなあと、娘が中学生になった今、思います。娘は最近洋服を「お父さんのと一緒に洗わないで」と言います。

自分の分と娘と妻の分で二回分洗濯機を回すので水道代が二倍になってしまいました。その分、電気代を節約しようとしているのですが、娘は最近流行りの男性アイドルに夢中のようで、友達を家に呼んではテレビにかじりついています。少しは勉強しなさいと言うのですが、完全に自分は邪魔者のようで話しかけても「うるさい」と言われるばかりです。そのくせ、用事がある時だけは猫撫で声で話しかけてきます。

先日、ピアスホールを開けたいと言い出した時は説得するのに大分苦労しました。娘の話ばかりで申し訳ありません。本田さんに、反抗期の女子の扱い方をちゃんと聞いておけばよかったと後悔しています。娘も、本田さんのお嬢さんのように立派に育ってくれるといいのですが……いや、「くれる」ではありませんね。自分が育てていかなければいけないのです。それが、子供を生んだ以上親に課される責任だと思います。

自分は、どんな事があっても娘に愛情だけは注いであげようと思っています。

もう二度と、あの子達のような子を生み出さないためにも。

自分が初めて本田さんにお会いしたのは二十年前、もう桜の花びらが散ってしまった四月中旬の事でした。

まだ右も左も分からなかった若僧に一から丁寧に刑事の基本を教えてくださったこと、誠に感謝しています。

『真実を知りたいなら、まず人の心を知れ』

事件に取りかかるとき、自分はいつも本田さんが仰られていたその言葉を思い出すようにしています。

二十年前の夏。七月三十一日。

その事件は起こりました。自分が初めて本格的に担当することになった事件だったので、鮮明に覚えています。

当時、まだ小学四年生だった新田結愛（にったゆあ）ちゃんが川の中で遺体となって発見された事件です。頭部に損傷があったのと、抵抗したような傷があったことから、警察は殺人事件として捜査を開始しました。

夕方になっても帰ってこない結愛ちゃんを心配した母親が捜索願いを出したのが午後七時二十分。結愛ちゃんが双葉川の中で浮いているのを警察が発見したのが午後十時四十三分。人通りも少なく、暗くなっていたため目撃情報もなく犯人が捕まらないまま時間だけが過ぎていき、犯人を捕まえられない警察をマスコミは非難し続けました。皮肉にも、その日は結愛ちゃんの誕生日でした。わずか十歳でこの世を去った少女。本田さんは覚えていますか？

やがて、一カ月が経ち、マスコミも世間も結愛ちゃんの事件を忘れかけていた頃、事態は急展開を迎えました。一人の少年が、自首してきたからです。

自首してきたのは、当時中学二年生だった遠藤里聖（えんどうりせい）でした。

取り調べを担当したのは自分でした。

遠藤は、淡々と事件の全容を語りました。下校途中だった結愛ちゃんにお菓子をあげると言って河川敷まで誘い出し、襲おうとしたが暴れられたので突き飛ばした。そうしたら、動かなくなった。

それが遠藤の証言でした。自分が最初に思ったのは、こんなあどけない少年が殺人を犯すのか？　というショックでした。

遠藤は地元でも有名な不良少年でした。

学校でも教師に注意されるとすぐに物を壊し、暴力を振るい、学校外でも他校の生徒と暴力沙汰を起こし、過去に何度も警察に補導されていました。

しかし、自分から見た遠藤は、まだ幼い中学二年生の男の子でした。とても暴力沙汰を起こすような生徒には見えなかったのです。しかし、遠藤が問題児であることは事実でした。遠藤の通う中学校に聞き取りに行った際、遠藤の同級生は皆口々に、遠藤は手のつけられない問題児だったと言いました。

警察は、遠藤が黒で確定だと目星をつけていましたが、自分は何かが引っかかっていました。何故、一カ月も経っていきなり自首してきたのか。

それが不思議でなりませんでした。

その後、遠藤が結愛ちゃんに声をかけているところを見たという目撃情報まで出てきました。

そう証言したのは、遠藤と同じクラスの生田明里(いくたあかり)でした。

何故今まで黙っていたのか、そう聞くと彼女は怖かったと言いました。

目撃情報まで出て、ますます警察は遠藤が黒だという確信を強めていきました。

自分は生田の証言も裏付けが取れていない、現段階で遠藤を犯人だと決めつけるのは早いのではないかと訴えました。

しかし、凶器となる石が遠藤の証言通り神社の敷地で見つかった為、遠藤は新田結愛殺人の容疑で逮捕されました。

その事実を伝えると、遠藤は驚くべきことに笑ったのです。

くすくすと。いたずらでも考える子供のように。

そのくるくるとした癖っ毛の前髪からのぞく目が、楽しいおもちゃでも見つけたかのように無邪気で、その事がかえって自分には恐ろしく、そしてとてつもない違和感を感じました。

遠藤は一年間少年院で過ごす事が義務付けられました。何故そんなに短いのかというと、遠藤の精神鑑定の結果、正常な判断ができないと判断された為でした。

マスコミは思い出したかのように散々そのニュースを取り上げました。

不良少年による凄惨で残忍な事件。

遠藤の家族も酷いバッシングを受けました。遠藤は殺人者となったのです。

しかし、自分はやはり何かが引っかかり事件が解決したあとも独自に調査を続けていました。

まず、遠藤が結愛ちゃんを連れ去るところを目撃したという生田明里のところへ向かいました。

担任に聞いたところ、生田は学校では大人しく何の問題もない普通の生徒だと言われました。

だから、そんな彼女と遠藤が関わるようなことはないと。

生田にどこで遠藤を見たのかと聞くと、学校の近くのパン屋の前だと言いました。確かに、そこは結愛ちゃんが下校する際通る道で、なんら不自然な点はありませんでした。生田には一つだけ、大きな特徴がありました。それは、顔の右半分にある大きな火傷のような痣です。彼女の白く透明な肌に赤黒いその痣は酷く不格好で、ちぐはぐでした。

担任に聞いたところ、彼女は幼い頃既に母親が他界していて、父親と二人暮らしだったそうですが、その父親が酒癖が悪く、ギャンブルにハマり、そこで出来た借金を返せない鬱憤から生田にあたり、虐待をしていたそうです。

現在は祖母と二人暮らしをしていると、生田は語りました。生田に遠藤の印象を聞くと、なんだか寂しそうな人だった。と言いました。遠藤のことを悪く言わなかったのは、生田が初めてでした。

どこかに生田と遠藤の接点はなかったかと何度担任に聞いても答えは同じでした。彼女と彼には、何の接点もなかったと。

ただ、一つ気になったのは、生田が夏休み明けいきなり顔や腕に大きな怪我をして学校に登校してきたということ。担任はまた父親に虐待されているのではないかと祖母に連絡したらしいのですが、父親と生田は会っていないと答えたそうです。自分は、生田が治療してもらったという病院に行くことにしました。

生田を診たのは青山という外科医でした。顔は殴られたことによる内出血。腕は打撲。本人は階段から落ちたと言っていたそうですが、自分には、何かがあったのではないかと疑わずにはいられませんでした。彼女の顔の右半分の痣について聞くと、あれは素手ではなく、何か道具を使ってやられたものだから、一生消えることはないと医者は言いました。女の子の何よりも大切な顔に傷をつけられた生田が不憫でなりませんでした。

しかし、それから生田や、遠藤周辺のことを調べ続けると、青山医師の息子が生田や遠藤と同じクラスメイトだということを知りました。早速青山医師の下に向かい、息子から話を聞くことはできないかと訊ねると、今はちょうど塾に通っていると言われ、嫌そうな顔をする青山医師を押し切り、学習塾の場所を教えてもらいました。学習塾は、巷でも頭が良い生徒が多いことで有名なスクールでした。夜の九時を回って、授業が終わったのかぞろぞろと出てくる人ごみにひときわ賑やかな集団を見つけました。中でも目を引いたのは、その輪の中心にいる男の子。直感で、彼がそうだと思い声をかけました。

「君が青山香穏(あおやまかのん)くん？」

「そうですけど」

彼はとても端正な顔立ちをしていました。きっともし自分が女で彼とクラスメイトだったら一目で恋に落ちていただろうとまで思うくらい、彼は眉目秀麗でした。青山香穏は、父親が優秀な外科医という生まれながらのエリートで、彼自身も成績優秀で、それをひけらかさない謙虚さも兼ね備えていて、周りから好かれていました。生田明里の怪我のことを聞くと、彼は知らないと答えました。しかし、生田の名前を出した瞬間、彼の一瞬動揺した目を自分は見逃しませんでした。その時、ふとある事に気付きました。もう何十回目か分からないほど足を運んだ三人が通っていた学校に行き、担任に事実を確認すると、やはり自分の読みは当たっていました。この三人は苗字が全員あ行から始まるのです。

クラス替え初日、班を決めるときこのクラスは出席番号順に分けたのです。

三人は全員環境班でした。

遠藤、生田、青山。この三人は何かを隠している。

それが確信に変わった瞬間でした。

＊＊＊

四月の終わり。いきなり学校が給食を廃止すると言った。理由は至極単純だった。資金がないから。生徒が口々に文句を言うのを聞き流しながら里聖は窓の外を見ていた。未だに出席番号順のままの席で里聖は窓側の一番後ろだった。

特等席だ。この席なら寝てもバレないし、隠れて漫画を読んだって気付かれる事はない。女生徒の一人が、だったら浮いたお金をうちの部費に回せと抗議している。その一言を皮切りに、皆それぞれ不満の声を上げ始めた。体操着のジャージがダサいから変えろ、とか、修学旅行をもっと豪華にしろ、とか。生徒からの不満の集中砲火となっている担任を横目に、里聖は大きく欠伸をした。この席からは、この学校のシンボルともなる桜の木がよく見える。校門から校舎の入り口までの間に、大きく構えているその木は、始業式には薄い桜色だったのにもう緑に変わってしまっている。この学校の唯一誇れるところと言ったら、緑が豊かなところだろうか。給食を出す金は無いくせに、この街が掲げている環境に優しい街というスローガンを何故か非常に強く大事にしているので、花壇の花の数だけは一丁前だ。

シンボルともなる大きな桜の木は、毎年春になると生徒達や近所の人の間で人気だった。しかし、この木が桜の花で満開になったところを里聖は見たことがない。一年生の時は単純にサボりだった。

入学式の時に、チラッと開きかけの蕾を見ただけで、その後はずっと学校には行かず外にいた。中学二年生、つまり今年は停学処分を食らっていたからだ。

中学二年生となっても、里聖の生活にはこれといった変化はなかった。喧嘩をするか、喧嘩がない日には夜遅くまであてもなく街を徘徊する。家には寝るときだけ帰る。親はそんな生活をする里聖にもう何も言わなくなった。

学校は退屈だ。だから時たまサボっては里聖はお気に入りの場所に行く。市街地から外れた場所にある捨てられた資材置き場。そこに里聖は自分だけの秘密基地を作っていた。ゴミ捨て場に不法投棄されたソファーや冷蔵庫などを拾って並べれば、まあまあな出来映えだった。もちろん電気など通っていないから、所詮レプリカのようなものなのだけれど。そこにいる時は気持ちが落ち着いた。学校の馬鹿共も、口うるさい教師も、親も、誰もいない。この無機質な建物は、里聖を拒否することなどない。里聖に干渉することもない。ただ、里聖がそこにいることを黙って見ているだけ。この錆び付いたトタンも、捨てられた鉄筋も、穴の開いた三角コーンも、賑やかな市街地から隔離され、社会から取り残されている。それでも、彼らはここでひっそりと生きている。

サボる日が続けば担任教師から呼び出しを受けた。

「これ以上親御さんを心配させるなよ。お前のとこ下に二人もいるんだろ？　もっとお兄さんらしくしないと……」

それにムカついて窓ガラスを思いっきり殴れば、粉々に砕けた。迎えにきた父親は里聖のほうを見ることなく、ただ頭を下げ続けた。

——また遠藤が暴れたらしいよ。

全治二週間。そんな程度なのかと思った。殴ったときは血がだらだら垂れていて、ひょっとしてもうこの右腕は使い物にならないのではないかと思ったが、たった二週間で治ってしまうのか。病院に付き添った父親は会計を済ませると、ようやくその時初めて里聖のほうを見た。そして、明日先生に謝りなさい、と言った。里聖の腕を心配する言葉が父親から出ることはなかった。しかし、結局次の日学校には行かなかった。行けなかったのだ。正確に言うと、行けなかったのだ。二週間の停学処分と反省文三枚。それが窓ガラスを割った事の代償だった。学校に来るな、と言われた方が里聖にとっては良かったから、停学処分についてはむしろラッキー程度に思っていたが、問題は反省文だった。利き手の右腕が使えないのに、左手で書けというのは、担任と校長は鬼だ。

普段文字を書くのに使った事のない手なのだから、上手く書けるはずもなく升目から字がはみ出したし、ミミズみたいなへんちくりんな字になった。家にいても特にやる事もなく、だらだらテレビを観るか漫画を読むかして過ごした。幸いな事に家族は皆昼間は外出していたから、文句を言われることはなかった。しかし、食べ物を食べようと一階に下りた時、食卓に茶封筒が置かれていた。中を見ると、里聖が驚くほどの大金が入っていて、窓ガラスの弁償代だろうと予想がついた。病院から父親と共に帰った里聖を見ると、母親は大きくため息をついて呆れたように中に引っ込んでしまった。

それはそうだ。ただでさえ家計が苦しいのに、里聖のせいで思わぬ出費が課せられたのだから。母親のあのため息は、きっとこのお金の事だろう。

停学処分が明けると同時に、里聖の右腕も治った。

停学処分が解けたら必ず学校に来るように、と担任に言われていたので、朝眠い目を擦りながら二週間ぶりに制服を着た。シャツはなんだか息苦しくて嫌いだったから、本来なら禁止されているが、学ランの下にパーカーを着た。

登校した里聖を見るや否や、担任は制服の着崩しを注意したが、反省文を渡すと「ちゃんと授業には出席しろよ」と満足そうな顔をして去って行った。

久しぶりに教室へ入ると、皆、化け物でも見たかのような顔をして里聖を見たが、次の瞬間には里聖をないものとするみたいにそれぞれおしゃべりに戻っていった。皆、里聖と関わりたくないのだ。遠藤里聖は問題児。

それは、皆、周知の事実で、そんな里聖に話しかけてくる奴らと言えば、似たような暴力が大好きな奴らだけだった。

でもそいつらは所詮仲間とつるむことでしか粋がれない弱虫で、一人じゃ何も出来ないあまちゃんで、里聖に喧嘩を吹っかける時は決まって複数でやってきた。

里聖は特定の誰かとつるむことはしなかった。そんなのダサいからだ。だから、里聖には友達がいなかったし、里聖もそれでいいと思っていた。下手に干渉されて、あれこれ詮索されるのはご免だ。全てがどうでもよかった。くだらない。

喧嘩をするのも、血を流すのも、生きてるのも、全てくだらない暇つぶし。

だから、一時間目のホームルームで、給食の廃止を伝えられても里聖は特に何も思わなかった。バカ共は給食から弁当になるというただそれだけの事で大騒ぎし、不満を言い、耳障りな声を張り上げる。こんな事なら担任の言うことなど無視してサボれば良かったと思った。でも、いざ弁当に変わったら、母親に作ってもらったキャラ弁当を自慢し合い、どの弁当が一番か競い合うのだろう。結果として、里聖の予想は当たった。GW明け、クラスメイト達はそれぞれ親に作ってもらった弁当を自慢し合い、どれが一番か、なんてくだらないランキングをつけていた。里聖は弁当などいらなかったから、何も持ってきてはいなかった。中でも一番注目を浴びていたのは、青山という生徒の弁当だった。

「青山くんすごーい！　これお母さんに作ってもらったの？」

「めっちゃ豪華じゃん！」

遠目からでも分かるくらい、青山の弁当は大きく、それだけ親に愛されているのだということが窺えた。

対する自分は弁当すらない。親には給食が廃止されるというプリントを渡していなかったから、当然といえば当然なのだが。

なんだか居心地が悪くなって、教室から出て屋上に向かった。授業をサボるとき、里聖は毎回ここにくる。

寝転べば、五月のすこしひんやりとした風が頬に当たって気持ちがいい。目を開ければ、空に浮かぶ雲がゆっくりと左から右へ移動していった。子供の頃、父から聞いたことがある。雲は、本当はものすごい速さで進んでいるのだという事を。子供の頃は信じられなかった。でも今なら本当なのだと分かる。父のパソコンをこっそり使って調べたら、そう書いてあった。もうすっかり元通り動くようになった右手を空にかざしてみる。空は遠く、どこまでも広かった。

里聖はそっと、目を閉じた。

＊

弁当に変わってから一週間。家に帰ると珍しく母親が話しかけてきた。何故弁当に変わったことを言わなかったのかという事だった。母親は、担任から電話があったことを告げた。里聖が何も食べていないことを不審に思って電話をしたとの事だった。何を余計な事を、と思った。

「うちが虐待でもしてるって思われるじゃない」

そう言って母親は小銭を置くと立ち去った。これで何か買えということなのだろう。まあ、分かっていた事だった。

両親が自分のために弁当を作るなど到底思えない。両親は、弟に構うので忙しいし、生活費と弟の習い事の月謝代を稼ぐため働いているから。母親に渡された金で次の日からコンビニで適当にパンを買った。教室にいるのは居心地が悪かったから、パンは屋上で食べた。

そいつと出会ったのは、登校途中で立ち寄るコンビニで買うパンがメロンパンに定着しはじめた日の事だった。

いつも通り屋上へ向かうと、珍しい事に先客がいた。そいつは、里聖が知っている人物だった。話した事はないが、一度目にしたら忘れる事などできない顔の痣が特徴的だったから、覚えている。男子も、女子も、気味悪がってそいつに近寄っていなかった。そいつは、裏でバッティングセンターと呼ばれていた。ボールを顔面にぶつけても元々の痣のせいで傷が分からないから、らしい。元々他人に興味がなく、あまり学校に来ていなかった里聖でも耳に入っているのだから、学校中がきっとそいつをその名で呼んでいるのだろう。特になんの感情も湧かなかった。残酷なクラスメイトに虐げられているのは気の毒に思うが、こいつは俺の人生になんの関係もない。事実、名前すら思い出せない。

どこか別の場所に行くか迷ったが、他に行くところもなく、仕方なくそいつから少し距離を取って座った。

「雨が降りそう」

ポツリと、空を見上げながらそいつが言った。そいつの声を初めて聞いた。思ったより凛としていて、はっきりとした声だった。

——独り言かよ、きもちわりーな。

そう思いながら空を見ると、雲一つない快晴で、雨が降るとは思えなかった。

——不思議ちゃん気取りか？

　こういう奴は小学校の頃にもいた。自分には幽霊が見えるとか、宇宙人と話ができるとか、そんな事を言っては人の注目を浴びようとする奴。こいつもその部類に入るのか。気の毒に。顔の痣の理由は知らないが、そのせいで孤立し、こんな的外れな事を言って人の気を引こうとしているこいつが哀れに思えた。でも、あえて、里聖は聞こえなかった振りをした。

　こういう奴に関わるとろくな事にならないからだ。そいつは、里聖と同じくコンビニで買ったと思われるおにぎりを食べていた。ここに来るのは今日だけにしてくれよ、と里聖は思った。ここは、里聖が唯一、一人になれる場所で、これから毎日こんな奴と昼食を共にすると思うと、それは里聖にとって都合が悪かった。里聖には話す気なんてさらさらなかった。そいつを知る気も、そいつを自分の心の中に踏み入れさせる気もなかった。なのに。

　百二十円のメロンパンを食べ終わって、その場を立ち去ろうとした瞬間だった。

「傘、持っていった方がいいよ」

　自分に向けられた言葉だと理解するのに時間がかかった。

「は？」

　振り返ってから、後悔した。聞こえない振りをして立ち去ればよかった。そいつと目が合う。約一カ月ちょっと同じクラスにいて、初めてそいつの顔をしっかり見た気がした。色白の肌に刻印された赤黒い痣が痛々しいくらいはっきり見えた。

「これ持っていっていいよ」

そう言ってそいつは水玉模様の小さな折り畳み傘を差し出してきた。

どう考えたって雨なんか降るわけがない。

「いらねえ」

「雨、降るから」

そう言ってそいつは俺の手に強引に傘を渡すとリュックを掴んで俺の横を通り過ぎて行った。

横を通った時、かすかに花の香りがした。

「変な奴」

水玉模様の傘を放り投げ、里聖はそう呟いた。

*

玄関を開けた途端、リビングから賑やかな笑い声が聞こえた。そのまま通りすぎ、二階にある自室へ戻ろうとしたのに、扉を開けた音で気付いたのか春彦(はるひこ)がリビングから飛び出てきた。

「兄ちゃん！　遅いよ。どこ行ってたの？」

「いや、ちょっとな」

「はやくはやく！」

「おい、俺は……」

春彦に手を引かれ強引にリビングへと連行される。食卓には、いつもより5割増しくらい豪華な料理が並んでいた。

「ああ、帰ってたの」

母親は里聖を一瞥し、そう言っただけだった。

天井にはおめでとうとプリントされた旗が飾られ、色とりどりの風船がゆらゆら揺れていた。

「なにこれ」

大体の事は察したが、何か言わなくてはと出た言葉はそんな平々たるものだった。

「春彦が少年野球で勝ったのよ。それに光輝（こうき）もこの前のコンクールで入賞したでしょ？　そのお祝いよ」

「いやあ、春彦も光輝もすごいなあ。春彦なんてまだ野球始めて1年も経ってないだろ？　それなのにあの強豪チームに勝つなんて将来有望だな。それに光輝は小さい頃からピアノの才能があると思ってたけど、やっぱりそうだったな。父さんはこんな優秀な息子を持って幸せだよ」

酒が入っているのかいつもより饒舌な父親は嬉しそうにそう言った。

頭がすーっと冷えていくのを感じた。また、この感覚。学校に居るときとはまた違った気持ち悪さ。

自分の足下の地面が突然パッカーンと割れて、真っ暗な穴に落ちていくような感覚。

「兄ちゃんも食べる？」

「俺はいい」

それだけ言ってリビングを後にする。このカラフルな飾りで包まれた部屋で、自分だけが異質なものな気がした。明るいリビングの扉の向こうから、春彦と光輝の小さい頃のビデオでも観るか、という父親の声と、皆の笑い声が聞こえて、里聖は制服のまま逃げるようにして家から出た。

＊

もうすっかり辺りは真っ暗だった。ポツリポツリと等間隔に並んだ街灯を頼りに里聖は歩き続けた。

ムシャクシャしていた。別に相手は誰でも良かった。ただ、この鬱憤を晴らさせてくれれば。だから、向こうから歩いてきた明らかに不良と思わしき三人組を見つけた時、ラッキーだと思った。里聖はそいつらにわざとぶつかった。

「おい」

案の定声をかけてきた男は、里聖と同い年くらいに見えた。じゃらじゃらとうるさいネックレスに、派手な茶髪が、まだ成長途中の幼い顔にはミスマッチだ。こういう奴は不良の中にも多いが、その大抵は里聖が知る限り大して強くもなかった。中身に自信がない奴ほど、外面だけは一丁前にしようとする。男は里聖の胸ぐらを掴んできた。この男も、その周りに居る下卑た笑いをする取り巻きも、そいつらがこうなってしまった要因も、里聖にはどうでもいい事だった。こいつらなんてただの憂さ晴らし。

「お前人にぶつかっておいてごめんなさいも言えねえの？」

「ああ。悪かった。暗いせいで、お前のその髪色を糞と勘違いしてさ」

「て、てめえ……」

馬鹿は分かりやすくていい。単純な煽りでこんな簡単に自分の思い通りに動いてくれる。

――せいぜい楽しませてくれよ。

そう思いながら里聖は薄ら笑いを浮かべた。

*

喧嘩をするのが好きなわけではなかった。ただ、自分の衝動のままに拳を振るっているときだけは、全てを忘れられた。

里聖は、喧嘩が強かった。何回も繰り返される喧嘩で得たのは、人の殴り方と、血の流し方。

自分より一回り大きな体格の奴にタイマンで勝った事もある。自分は生まれながらにして、暴力でしか生きられない人間なのだと、思った。

でも、三対一では流石の里聖でも圧勝する事はできなかった。ただ、ムシャクシャしていたのか、いつもの倍は力が出た。

それに、こいつらは所詮見かけだけで、喧嘩の強さはお粗末なものだった。

「お、お前、覚えとけよ！」

そんな陳腐な台詞を残して三人は逃げていった。あんなにかっこつけていた糞野郎は目の周りを真っ赤に腫らして、涙すら浮かべていた。里聖はここ数年、泣いた事が無い。いつからか、涙が出なくなった。

地面に寝っころがりながら里聖は目を閉じた。口の中に独特の鉄の味が広がった。欠けてしまった歯を舌でなぞりながら痛む脇腹をさすれば、酷く惨めな気分になった。いつもだったら、人を殴ればそれでスッキリした。バカ共が自分に負けて惨めにひれ伏す姿を見るのは気持ちが良かった。今回だって、逃げ出したのはあいつらで、どちらかと言えば勝ったのは自分なのに、どうしてこんなやるせない気持ちになるのだろうか。

父親の言葉が頭の中で反響した。

「こんな優秀な息子をもって父さんは幸せ」

それが、何故お前だけこんな出来損ないなのだと責められているみたいだった。父親にその意図があったかは分からない。

でも、父親の言う優秀な息子に自分が含まれていないことだけは、はっきりと分かった。

突然顔に冷たい何かが当たって、里聖は目を開けた。

「はっ」

雨だった。昼間あんなに晴れていた空が、今はどす黒く濁っている。ポツリと降ってきたその一滴は、それをきっかけに堰を切ったみたいにザアザアと降り始めた。

あの、女。

「雨、降るから」

そう言って傘を差し出してきたあの女の顔が浮かんだ。

制服は冷たい雨をどんどん吸収し、体温を奪う。傷口に水滴が染みて痛い。

喧嘩をすることになんの意味が無い事も、本当は分かっていた。気分がいいのは一時的な錯覚で、後には虚しさしか残らない。それでも、自分はこれしかできないのだ。これでしか、生きていく事ができないのだ。

ふと左を見ると投げ出された自分のリュックから、水玉模様の傘が見えた。

「くだらねえ」

里聖の呟きは、雨の音と混ざって、吸い込まれて、消えた。

＊＊＊

次の日、四時間目が終わって屋上へ向かった。別に特に意味なんてなかった。グラウンドで食べても良かったし、トイレで食べても良かった。ただ、外は日差しが当たって鬱陶しかったし、便所飯なんてダサいことはしたくなかった。だから、いつも通り屋上で食べる事にした。ただ、それだけ。

「雨、降ったでしょ」

俺を見るなり、そいつは微笑みながらそう言った。昨日渡された傘を突き返すと、そいつは少し驚いた顔をした。

「使わなかったの？」

「お前」

「え？」

「どうして雨が降るって分かった」

そいつは少し考えたそぶりを見せてから、形のいい唇を持ち上げながらこう言った。

「傷が痛んだから」

「は？」

「いつもそうなの。雨が降る前はいつもここがなんだかチクチクする」

そう言ってそいつは顔の右半分の痣をさすった。昨日の夜の土砂降りの名残か、空はどこを見渡しても灰色の雲で覆われていた。

そいつから少し距離を取って、昨日と同じ位置に座った。そいつはやっぱりコンビニのおにぎりを食べていて、こいつも親に弁当を作ってもらえないのか、と思った。

「お前、それ他の奴に言うのやめた方がいいよ」

俺と、そいつの間の水たまりにそいつの不思議そうな顔が映る。

「傷が痛むから雨が降るなんてそんな中二病みたいなこと言ってると、さらにいじめられるぞ」

「心配してくれるんだ。ありがとう」

「は？　別にそんなんじゃ」

呑気にそんな事を言うこいつに苛ついた。こいつはあいつらの残虐さを全く分かっていない。あいつらは、自分より弱い奴を虐げるのが大好きなのだ。そうする事で、まるで自分が偉い人間になったかのように錯覚し、ちゃちな承認欲求を満たす。

「君、メロンパン好きなの？」

「別に」

「でも昨日も食べてたよね」

「たまたま目に付いたから買ってるだけ」

「そうなんだ」

久しぶりに、人とまともに会話をした気がした。なのに、よりにもよって、なんでその相手がこいつなのだろう。

クラスでも浮いていて、不思議ちゃん気取りの変な奴と、どうして自分がこんな呑気に会話をしているのだろう。

そもそも、こいつは何故こんなにも平然と自分に話しかけてくるのだろうか。普通だったら、里聖を見たら皆怯えて話しかけてこないのに。

「でも、毎日それだと身体壊すよ」

自分だってコンビニのおにぎりのくせに。

「親が仕事で忙しいから」

「そうなんだ」

それだけ言って、そいつは食べ終わった鮭おにぎりの包みをビニール袋に入れ、今度は二つ目のツナマヨおにぎりを食べ始めた。

里聖は残り少ないメロンパンを口に運んだ。それから二人とも、特に会話をする事は無かった。黙々と二人で昼食を食べ続ける。校庭から、既にご飯を食べ終わったであろう生徒達がサッカーをしている声が聞こえてきた。

「それ、どうしたの？」

気付くと、そいつがじっと俺の顔を見ていた。その目に見つめられるのがなんだか落ち着かなくて、里聖は目を逸らした。

「別に。ただの喧嘩」

「ちょっと待ってて」

そいつは、花柄の白いリュックを何やらごそごそと探ると、やがてポーチから消毒液と絆創膏を取り出し、里聖に差し出した。

「別にこんなの唾つけときゃ治るし」

「だめだよ。放っておくと化膿しちゃうから」

そいつは、ガーゼに消毒液を染み込ませると、ピンセットでそれを器用につまんだ。

「だからいいって」

里聖がこちらにのばされた彼女の白い腕を振り払うと、ピンセットの先からガーゼが落ちて、水たまりに沈んだ。

白いガーゼが水に濡れて、どんどん変色していく。そいつは里聖の傷を切なそうな顔でただじっと見つめるだけで、何も言わなかった。その沈黙に耐えきれなくて、里聖は話を逸らそうと口を開いた。

「大体なんでそんなに色々持ってんだよ」

「友達によく怪我する子が居るから」

「ふーん」

こんな奴にも友達がいるという事が意外だった。里聖の知る限り、彼女はクラスでもあまり話さず本を読んでいることが多かったから。——なんだ、よかったじゃん。

自分でもよく分からなかったが、なんだか言いようの無いモヤモヤを感じて、里聖は今朝一緒に買った紙パックの牛乳のストローを噛んだ。

「これが意外と役に立つんだよ。転んだときとか自分で手当てできるし」

そう言ってそいつは制服のブラウスを肘までたくしあげた。そこには何枚ものガーゼと、包帯でぐるぐる巻きにされた異常な光景が広がっていた。痛々しいほどの赤い切り傷が、包帯では隠しきれていない。ただ転んだだけで出来るような傷ではないことは一目で分かった。

「どうしたんだよそれ」

「転んだの」

「ちげーだろ」

「本当だよ」

「あいつらにやられたんだろ」

そう言うとそいつは黙った。しばしの沈黙が訪れる。どこから飛んできたのか、モンシロチョウが里聖の目の前をひらひらと舞った。もうそんな季節か、と思いながら牛乳をずるずると飲んだ。モンシロチョウは里聖の前を通り過ぎると、そいつの手に止まった。それを横目で見やると、ちょうど雲間から日差しがさし、思わず里聖は目を細めた。

太陽の光が水たまりに反射して、それを受けるそいつが一瞬キラキラと輝いているように見えた。光のせいか、彼女の痣が消えてなくなっているみたいに見えた。痣の無い彼女の横顔は、綺麗で、儚く、どこか愁いを帯びていた。里聖は何故かその光景から目を離せなかった。やがて、雲がまた太陽を隠し、彼女の顔にはまたしっかりと痣が戻った。彼女の手から離れ、ふわふわと飛び立って行くモンシロチョウを見送りながら、彼女は穏やかな表情で言った。

「美術の時間に、彫刻刀で」

里聖は何も言う事が出来なかった。知識だけ無駄に得た幼稚で、馬鹿なガキはこの世で最も害悪だ。

人を刃物で傷つけるという犯罪まがいの事を平然とやってのける残虐性も、まだ夏服に替わらない五月なのをいいことにあえて見えない位置にやるたちの悪さも、全て気に入らなかった。彼女がいじめを受けているというのは、なんとなく分かっていたが、まさかここまで悪質なものに発展しているとは思わなかった。そして、そんな事をされているというのに、まるで他人事みたいに話す彼女にも、苛ついた。

「お前、そんな事されて悔しくねえの」

彼らに傷つけられた傷を一人で手当てする彼女の姿が浮かんで、里聖はどうしようもない気持ちになった。

「いいの。慣れてるから」

「絆創膏」

「え？」

「もらってやってもいい」

そいつは、ただでさえまんまるな目を見開いて、里聖の顔を見た。そして、ふっと笑うと、ポーチから真っ白なガーゼと消毒液、それから絆創膏を取り出した。

「ちょっと染みるよ」

そいつは器用にピンセットをつまむと里聖の頬の傷口をそっと消毒した。少し近づいたそいつからほのかにあの花の匂いがした。

「傷が酷いから、絆創膏じゃダメかも。ガーゼしとくね」

そう言って、彼女はポーチから医療用のテープを取り出し、ガーゼの上から留めた。ガーゼを貼る時、ほんの少し触れた彼女の手は思ったより温かかった。病院で里聖の右腕に触れてきたあのゴム製手袋の冷たさとは違う。確かにそこには温もりがあった。視界の端に映る彼女の手は、陶器のように白く、指は折れてしまうのではないかというくらい細かった。こいつは女なんだなあ、と当たり前の事をぼんやりと思っているうちにいつの間にか手当てを終えた彼女が隣で片付けを始めていた。

「まさかこんなところで役に立つとは思わなかった」

ありがとう。その一言を言うかどうか迷った。でも、その言葉はなんだか大分前から口にしていない気がして、躊躇った。

「ありがとう」

突然そんな言葉が聞こえて、里聖は思わず「はっ？」と素っ頓狂な声を上げた。

「手当てさせてくれて、ありがとう」

横を見ると、そいつが微笑みながらこちらを見ていた。自分の考えがバレていたわけではなかった事に安堵しつつ、焦っている自分が間抜けに思えた。

「じゃあ」

そう言ってそいつがリュックを手に取り、里聖の目の前を通り過ぎた。

「ガーゼ替えなきゃいけないから、明日も来てね」

それだけ言うと、バタンと屋上の扉を閉め、彼女は去って行った。自分は一体何をやっているのだろうか。名前も知らない、不思議ちゃん気取りの変な奴に手当てしてもらうなんて。彼女に手当てしてもらった頬をさすると、消毒液の独特の臭いと、彼女から香る花の匂いが混ざった。人に喧嘩で出来た傷を手当てしてもらうなど初めてかもしれない。いつも傷ができてもほったらかしにしていたから。彼女は明日もここに来いと言った。

今日屋上に来たのは傘を返すためだ。別にガーゼを替えるくらい自分で出来る。あんな変な女に関わるなんて、ろくな事がないに決まっている。明日からは別の場所を見つけないとな、と里聖は思った。

＊

家に帰り自室に入ろうとすると、ちょうど隣の部屋から出てきた光輝と鉢合わせた。

「兄さん、どうしたのそれ」

光輝は驚いたような顔をして里聖の顔を見た。

「何が？」

「それだよ。その左頬の」

光輝は、昼間あの女に手当てしてもらった部分を訝しげに見つめた。

「あぁ、これは……」

「自分でやったの？」

「ん、あぁ」

「兄さん意外と器用なんだね。自分で手当てするのって結構大変なのに」

「そうなのか？」

あの女がブラウスの袖をたくし上げた時に見えた包帯でぐるぐる巻きの光景が浮かんだ。

「うん。片手で絆創膏貼るのって結構難しいでしょ。それに消毒だって自分でやるの結構怖いんだよ」

――これが意外と役に立つんだよ。転んだときとか自分で手当てできるし。

笑顔でそんな事を言ったあの女の顔を思い出した。あの女は、毎回傷付けられる度に自分で手当てしているのか。

「まあ、これに懲りてもう喧嘩しないようにね」

そう言って光輝は去って行った。自室に入り、小さな手鏡で顔を確認してみると、几帳面なくらい正確にガーゼとテープが貼られていた。ガーゼを傷口に被せた瞬間のあの女の温もりが、まだ残っていた。

＊　＊　＊

「あ！」

こちらを見るや否や、そいつは目を丸くさせた。

「来てくれたんだ」

「お前が来いって言ったんだろ」

「もう来ない気だったでしょ」

図星を突かれた事に若干決まりの悪さを感じたが、ここで変に言い訳するのも変なような気がして、何て言ったらいいか迷った。その間に、彼女はもうポーチから昨日と同じように医療セットを取り出し、準備をしている。

「ガーゼ替えるから、座って」

言われるがまま座ると、彼女は慎重にテープを外し、ガーゼを取り外した。

彼女の顔が思ったより近くにあったので距離を取ろうと身じろぎをすると、動かないでと言われてしまった。

やっぱり彼女からは微かに花の香りがした。二回目の手当てを終え、彼女がふぅっと息を吐く。新しいガーゼに替わった事で、なんだか気分が少しだけ良くなった気がした。何故、またこの場所に来たのか自分でもよく分からなかった。ただ、昨日光輝に言われた言葉が、どこか引っかかっていて、自然と足がここに向かった。

「そういえば、君、名前なんて言うの？」

気付けば、彼女がこちらを見つめていた。

その水晶玉みたいな透き通った目に見つめられるのがなんだかソワソワして、里聖は今度は顔を背けて答えた。

「遠藤里聖」

そう言えば、何かしら反応があると思った。問題児の遠藤里聖。学校中が里聖のことをそう呼んでいたから。

でもそいつは特にこれといった変化を見せる事なく、今までと同じ調子で話を続けた。

「なんて漢字で書くの？」

「遠藤は普通に遠藤。リセイは、さとに聖職者のせい」

「へえ〜私と同じ漢字なんだね」

そう言って、そいつは里聖から目線を外し、前に向き直った。

「私、生田明里。あかりは、明るいの明で、りは君と同じでさとって書くの」

生田明里。言われれば、確かそんなような名前だった気がする。名前を知っただけで、特に何か変わるわけじゃないけれど。

「意外な共通点だね」

そう言って、生田はまた微笑んだ。

「遠藤くんの親御さんは、センスがいいね」

「なんでだよ」

「里って、一日千里の里だから」

「いちじつせんり？」

「うん。才能がある人って意味。だから、いい名前だね」

そんな四字熟語、里聖は聞いた事がなくて、途端に自分の知らない事を当たり前のように言うこいつが大人に見えた。

「あっ！」

突然生田がボリュームの大きな声を上げて、思わず里聖は肩をびくつかせた。

「なんだよ」

「遠藤って事は、班、同じじゃない？」

「班？」

「始業式の日、班決めたでしょ。出席番号順で」

確か環境班だかなんだかに入れさせられたような気がするが、そこに生田がいたかは思い出せなかった。

「私、出席番号二番だから遠藤くんと同じ班のはずだよ」

「俺は確か環境班」

「やっぱり！」

生田はぱちんと手を叩くと、今度はいきなりケラケラ笑い出した。彼女がこんな楽しそうに笑っている事が意外で、でも彼女はいじめられているだけで、中身は普通の女子中学生だった。

「おかしいね。私たち、一カ月半も同じクラスにいて、同じ班だったのに、ちっともお互いの事知らなかった」

生田は、何度か里聖に見せた作ったような微笑みではなく、本当に楽しそうな、晴れやかな笑顔でそう言った。

「私、学校中の人に知られちゃってるから、皆もそうだと思ってたけど、遠藤くんは違うところを見ていたんだね」

確かに、一カ月近くも同じクラスにいて、生田が同じ環境班である事や、生田の名前を知らなかったというのもおかしな話だった。里聖だけじゃない。生田だってそうだ。生田の言っている言葉を言うべきなのは、どちらかと言えば自分だ。

「それなら、お前だってそうだろ」

「何が？」

「俺、一応学校では有名な問題児なんだけど」

「そうなの？」

今度は里聖が笑う番だった。自分たちは、どれだけお互いに、周りに興味がなかったのだろう。

不思議そうな顔をした生田が何かを言いかけようと口を開いた瞬間、昼休みが終わる事を告げる予鈴がなった。

気付かないうちに随分長い事ここにいたらしい。花柄のリュックを掴んで、生田が立ち上がった。

「じゃあ、またね」

これから同じ教室に帰るというのに、またね、とはちゃんちゃらおかしな台詞だ。でも、それよりも、またねと人に言われたのが久しぶりで、その事がなんだかむず痒かった。だから、あえて里聖は返事をしなかった。それだけ言って、生田は屋上から去って行った。

それから、生田とは毎日屋上で顔を合わせた。他に行くあても無かったからだ。どうでもいい事をただ話した。メロンパンはもう食べ飽きていたけれど、なんとなく同じ物を買い続けた。ある時、気になって花が好きなのかと彼女に問えば、祖母の家の庭にハナビシソウという花が植えてあるのだと言った。そんな名前の花がある事を里聖は初めて知った。彼女は里聖の知らない事をたくさん知っていた。どの話も里聖には真新しく、新鮮だった。しかし、二人は教室に戻ればいじめられっ子の生田明里と、問題児の遠藤里聖に戻った。教室内で二人が言葉を交わす事はなかったし、それは二人の暗黙の了解だった。

雨の降る日は、屋上が使えないから、教室で食べた。一人でもくもくとおにぎりを食べる彼女の後ろ姿を見ながら、里聖はメロンパンを頬張った。雨の日は、自分が酷く阿呆臭い場所に居る気がして、ただただ焦った。この教室で、里聖と生田の密かな繋がりを知っているものは誰もいない。相変わらず男子は幼稚な下ネタで盛り上がって、女子は昨日の音楽番組で誰が一番かっこよかったかなんてくだらない話をしている。今週は皆勤じゃないか、と無駄に褒める担任の話を聞き流しながら、明日は晴れるといいな、なんて考えた。不思議と、生田と話しているときは、気持ちが落ち着いた。

家族のように自分を邪魔者扱いせず、学校の連中みたいに里聖を遠ざける事もしないのは、彼女だけだった。

六月に入って、例年より早く梅雨入りが始まる事を、ニュース番組が伝えていた。

＊＊＊

朝、小鳥のさえずりで目が覚める。明里は大きく伸びをすると、自室の窓を開けて、かすかに磯と潮の香りが混ざった空気を思いっきり吸った。祖母の家は高台にあるため、明里の部屋の窓からは海が見えるのだ。あの海の独特な香りが、明里は好きだった。都会の埃臭い濁った空気とは違う。明里が東京からこの街に引っ越してきたのは小学五年生の事だった。

それまで明里は海など見た事が無くて、初めて見たときはどこまでも広がる広大な海に、一体こんなたくさんの水はどこから来ているのかと驚いたものだ。だから、海が近くにあるこの街を明里は気に入っていた。この街の海はサーファーの間では有名な穴場スポットらしく、夏になるとウェットスーツを着た老若男女が波に乗っている姿をよく見かけた。この街には海の他にも明里のお気に入りがたくさんあった。例えば、朝起こしてくれる小鳥たち。東京に居た頃は、うるさい車のクラクション音や電車の通る音がアラーム代わりだった。それに、商店街にある小さな駄菓子屋。そこでお菓子を買うとき、いつも店主のおばあちゃんがくれるいちごミルクのあめ玉。それから、夏の夜、布団の上で寝ていると聞こえるヒグラシの鳴く声。歩いて二時間ほどすれば、山だってある。秋にはとても紅葉が綺麗なのだ。都会過ぎず、田舎過ぎる事も無い、程よいこの街が明里は好きだった。庭に咲いているハナビシソウに水をやってから明里はまだ寝ているであろう祖母を起こさないように、玄関の柵を音を立てないようにそっと開けた。時刻はまだ朝の五時。白み始めた空を見上げながら、明里は歩き始めた。早朝の街は閑散としていて、すれ違う人と言えば、新聞配達のお兄さんくらいしかいない。明里は学校へ行く前必ず海へ向かう。海を見ているときは、気持ちが落ち着いた。寄せては返す波の音を聞いているだけで、何時間だってそうしていられた。七時になると、学校へ行く支度をするため、一度家に帰る。制服のままで行くと、靴に砂が入ってしまうのだ。

居間に入ると、祖母はもう起きていて、テレビ番組を見ていた。二人分の朝食を作るため明里が台所に立つと、テレビでは丁度芸能ニュースを取り上げているところだった。

「へえーすごいねえ、のぞみちゃん結婚だって」

祖母の視線の先では、綺麗な顔をした女性と、これまた綺麗な顔をした男性が幸せそうに並んでいた。祖母はつい最近庭いじりをしている時に腰を痛めてしまった為、代わりに明里がご飯を作っている。それまで、ご飯は祖母に任せっきりだった為、明里は料理本とにらめっこしながら慣れない手先を動かした。

「どんなところが結婚に踏み切る決め手となったんでしょうか」

記者が男性にそう訊ねれば、男性は照れたような顔をして、

「明るくて優しくて、堅実なところが……」

と言った。

祖母が夢中になっているニュースを聞き流しながらトマトを切っていれば、包丁に自分の醜い顔が映って、明里は辟易とした気持ちになった。

なんとか作った朝食は、お世辞にも美味しいとは言えないものだった。何しろ、料理を始めてからまだ一カ月も経っていない。それなのに、祖母はいつも、悪いねえ、と言うだけで、それがまた明里を申し訳ない気持ちにさせた。

朝食を食べ終えると、明里は学校へ向かう。まだ登校するには早いが、明里の中学へは歩いて四十分はかかるため、いつも家を出るのはこの時間だ。

「行ってきます」

五年生の時に転入した小学校では、すぐに虐められた。気付いた祖母が担任に相談すると、担任は朝のホームルームでこう言った。

「明里ちゃんはみんなと違いハンディキャップを持っています。だから皆さん優しくしてあげましょうね」

ハンディキャップ。社会的に弱い者に付けられる名前。明里は病気なわけでも、生まれつき障害があるわけでもなかった。

なのに、このたった一つの痣が、明里を弱者に振り分ける。でも、中学生になって、あの時のハンディキャップという言葉の意味がよく分かった。無くならない虐めに、中学はわざわざ歩いて四十分かかる学区外のところを選んだ。でも、中学の入学式で誰かが言った。

「バッティングセンター生田」

と。その時実感した。自分はどこに行っても弱者なのだと。誰が言ったのか分からないそのあだ名は、瞬く間に浸透し、気付けば学校中の人間に知れ渡った。小学校と違って、そいつらは教師にバレないように虐めることを覚えた。

祖母にこれ以上迷惑をかけたくなかったから、明里は虐められている事を周りに言うことはしなかった。

明里にとって、虐められる事は苦ではなかった。別に、殴られるのも、蹴られるのも、慣れていたから。

自分は弱者なのだから、そういう扱いを受けるのは仕方のない事だとも思っていた。

「友達はできたかい？」

「うん、たくさんいるよ」

作り笑いの笑顔を浮かべてそう言えば、祖母はとても安心したような顔をして、そうかい、よかったねえ、と言った。

「なんとか言えよこのブス」

「この化け物」

女子トイレの床に転がる明里と、それを眺めるハイエナ達。寄ってたかって明里を虐げる姿は死肉を漁るハイエナのようだ。弱肉強食のこの世界。食物連鎖のピラミッドの中で、明里は多分、最下層。

「何笑ってんだよ、キモいんですけど～」

「キャハハハ」

そう言ってそいつらは明里の頭を踏みつける。自分が笑っていたなんて明里は言われるまで気がつかなかった。

「お前のその顔ムカつくんだよ」

そう言って、今度は髪の毛を掴まれて便器の目の前まで持って行かれる。

便器に顔を突っ込まれる瞬間、水面に唇をきゅっと結んで微笑んでいる自分の顔が映った。

その時、自分には作り笑いをする癖がある事に気付いた。

＊

中学二年生となっても、虐めは続いた。むしろ、一年生の時より悪化した。殴られても何も抵抗しない明里が、さらにいじめっ子を苛立たせたのかもしれない。しかし、明里がいじめられっ子である事に、変わりはなかった。

ただ、一つだけ変わったのは。

「新しいクラスはどうだい？　友達はできたかい？」

「うん。できたよ」

今度は嘘ではなかった。本当のことだった。明里には、友達がいた。とても大切な友達が。

＊

体育教師の暑苦しいかけ声と、一定の間隔で鳴るホイッスルの音を聞きながら、明里はストップウォッチを止めた。

「14・05」

「おっけー」

明里の言った数値を、隣で香穏（かのん）が記録用紙に書き込んでいく。体育の見学者は、その場の手伝いだったり、記録係をやらされる。明里と香穏も例外ではなかった。百メートル走のタイムの記録。それが、今日の見学者二名に課せられた任務だった。香穏と二人という事実に明里は内心ドキドキしていた。だが、浮かれている場合ではない。もう次の生徒がスタート位置についている。ホイッスルが鳴り、男子生徒が走り始める。明里は慣れた手つきでボタンを押した。その男子生徒は必死で走っているのだろうが、手が大きく動きすぎているためか、あまりいいタイムは望めそうにない。

「どうしたあ！　まだまだいけるだろ！　もっと脇を締めろ！」

グラウンドの端っこにいる明里のところまで聞こえるのだから、相当大きな声なのだろう。

「16・98」

「はーい」

香穏がスラスラとペンを動かす。走り終えた男子生徒は、ハアハアと肩を上下に動かしながら息をしていて、遠目からでも苦しそうなのが分かった。そこに、気合い十分の一撃が叩き込まれた。バシバシと背中を叩かれた男子生徒が気の毒に思えてくる。

「あいつ、なんであんな気合い入ってるのかな」

同じ事を思っていたのか、香穏が呟いた。

「さあ。何か嫌なことでもあったんじゃないの」

「また駄目だったのかも」

「これで何連敗なのかな？」

「さあ？　やっぱりあの頭が駄目なんだよ」

「それ言ったら可哀想だよ」

すっかり体育の見学の常連者となった明里と香穏は遠巻きにそれを眺めた。

「知ってる？　あいつ、裏で白熱灯って呼ばれてるの」

香穏が突拍子もないことを言うものだから、明里は思わずストップウォッチを止めるのを忘れて、香穏の方に顔を向けた。

「えっ。なんで？」

「あの頭が電球にそっくりだから。あと、暑苦しいって意味も込めて」

「ぷっ」

香穏の言葉に明里は思わず吹き出した。あの体育教師が合コンの場でもあの暑苦しさを発揮して女性を引かせているのを想像したら面白かった。笑う明里に、香穏もつられて笑った。

「そのあだ名つけた奴、センスあるよね」

香穏が笑いながらそう言う。

「確かに。ぴったり」

明里は笑いながらそう返す。

隣でクスクスと笑う香穏の横顔は可愛くて、キュンと胸が高鳴った。香穏と友達になったのは、二年生に進級した始業式のことだった。香穏はとてもフレンドリーな性格で、人当たりの良さから皆に好かれていた。そんな香穏と自分が友達になれた事が、明里は未だ信じられない。香穏はクラスの皆と違い、明里を差別することはしなかった。明里を一人の人間として扱い、対等に接してくれた。それが明里にとってはとても新鮮で、そして嬉しかった。それから、明里は香穏を気にかけるようになった。明里の前の席、そして同じ環境班、香穏が積極的に話しかけてくれる事もあり、香穏とは自然と友達になった。香穏は、明里の事を最初から呼び捨てで呼んできた。明里は慣れていなかったから、青山くんと呼ぶと、香穏でいいよ、と彼は言った。だから、明里も香穏を呼び捨てにしている。最初はあまりにも友好的すぎる彼に驚いたが、一年生の時外国にホームステイしていた、と聞いて、納得した。

「あ、ストップウォッチ止め忘れちゃった」

「いいよ適当で」

香穏が、男の子とは思えないくらい綺麗な手でペンを走らせる。その綺麗な手の甲に爪で引っ掻いたような赤い傷痕はとても不釣り合いだった。

「香穏、またやったの？」

明里が香穏の右手を手に取ると、香穏は特に嫌がる素振りを見せる事無く、されるがままに明里に手を預けた。

「駄目だよ。自分を傷つけちゃ」

香穏は嫌な事があると自分を傷つける癖があった。それが明里にはとても悲しく、香穏の傷を見る度に切ない気持ちになった。初めて彼の傷に気付いたのは、香穏と友達になってから少し経った頃だった。この傷どうしたの？　と明里が聞くと、香穏は自分でやった、と血の滲む手を特に何とも思っていないようないつもの口調で言ったのだ。ただただ、悲しかった。

なんとかしてあげたいと思った。彼が自分を傷つけないように、何か出来る事はないかと考えた。

香穏の自傷癖に気付いてから、明里は絆創膏と消毒液なんかをいつも持ち歩くようにした。香穏が自分を傷つけたとき、いつでも手当てできるように。

「ねえ、もしまた自分を傷つけたくなったら、私に言って」

「分かった」

「たとえ真夜中でも飛んで行くから」

「ありがとう、明里」

そう言われれば、自分が虐められている事など全て吹き飛ぶくらい元気が出た。香穏に名前を呼ばれるだけで、灰色の世界に色がつき、心が躍った。

「おい！　青山！　生田！　しっかり記録はつけてるだろうな？」

メガホン片手に近付いてくる教師に、今時メガホンとかどこのスポ根ドラマだと思いながら明里は重い腰を上げた。

「はい」

「お前らいつも見学ばかりで全然授業に出ないじゃないか。体調不良を言い訳にして休んでばかりいると身体がなまるぞ。先生が小さい頃はなあ、風邪を引いても親父に無理矢理外に出させられたもんだ。最近の子供はお腹が痛いとか咳が出るとかそんな事で……」

熱血教師の説教を聞き流しながらふと隣を見れば、香穏が口パクで「白熱灯」と言った。思わず笑いそうになったのを明里は必死で堪えた。でも、教師は自分語りに夢中なようで、そんな明里たちには気付いていないようだった。

明里はいつもどこかしら怪我をしていたから、体育には出られなかった。それは香穏も同じなようで、経緯は違えど二人は怪我仲間で、香穏は明里の唯一の理解者だった。香穏と一緒にいるときは、なんだか身体が宙に浮いているような、心の奥底にポッと光が点くような感覚に捕らわれた。それは、明里が今まで生きてきて、初めての感覚だった。

最近明里ちゃん、幸せそうだねえ、と言う祖母に、自分は今幸せなのかとぼんやりと思い、もしあの感覚を幸せと呼ぶのなら、それは紛れも無く香穏のお陰だと思った。

＊

「お前が幸せになる権利ねーから」

その日はいつもと何かが違った。放課後、大人しそうな女子生徒が、申し訳なさそうな顔をして「体育倉庫で先生が待ってるから」なんて見え見えの嘘をついてきた。でもここで明里が行かなかったらこの子が糾弾される事になるのだろうな、と思い明里は「分かった」と答えた。言われた通り体育倉庫に行くと、そこにはいつものメンバーが勢揃いしていた。

明里を積極的に虐める女子グループのリーダーである前川と、その前川に金魚の糞みたいに付き従う取り巻き達。

珍しい事に、この時間は部活で忙しいはずの、野球部の渡辺までいた。

「呼び出された理由、分かるよね？」

前川がそう言って、不敵な笑みを浮かべて明里に一歩近付いた。

「分かりません」

「分かりませんじゃねーよ！」

そう言って、後ろから思い切り誰かに背中を蹴り飛ばされる。地面に投げ出された明里を、笑い声が包んだ。本当に理由が分からなかった。そもそも、今までの行為に理由なんてあったのか。いつもの憂さ晴らしではないのか。倒れたときに、この前美術の時間、彫刻刀で切り刻まれた傷口を思い切り強打し、痛みに顔を歪めた。

小さくうめき声をあげる明里の髪を、しゃがみ込んだ前川が思い切り引っ張った。ブチブチと髪の毛が抜ける音を聞きながら、強制的に頭を上げさせせられた明里に前川は言った。

「お前みたいな社会のゴミが香穏くんに近付いてんじゃねーよ！」

その言葉で大体察した。顔立ちがよく、成績優秀で、文武両道な香穏に好意を寄せる女子はたくさんいた。前川もその一人で、よく香穏にくっついては気持ちが悪いくらい甘ったるい声で香穏のご機嫌取りをしている姿を見かけた。

しかし、そんなネタはもう何回も使われてきたはずだ。前川が明里を虐めるようになったのだって、明里と香穏が仲良くしているのを知ってからだ。たったそれだけの事で、わざわざ関係のない生徒まで使ってこんな手の込んだ事をするのは何故なのか疑問に思った。

「なんであんたなんかが……」

前川は、屈辱的な顔をしながら敵意のこもった目を明里に向けた。自分よりカーストが下だと思っていた奴に大好きな『香穏くん』を取られて悔しいのだろう、と明里は察した。嫉妬による暴力。今回の制裁はそんなところか。前川が右手を思い切り空中にあげ、明里は叩かれることを覚悟した。

しかし、驚く事に前川は振りかざしていた右手を力なく下ろすと、今度はシクシクと泣き始めたのだ。

「美香、大丈夫？」

「泣かないで」

「かわいそう」

前川の周りの取り巻きたちが一斉に前川を心配する声を上げた。いつも召使いのように前川に付き従っている張間（はりま）がハンカチを手に前川に駆け寄った。何がなんだかさっぱり分からない。このくだらない茶番劇をさっさと終わらせて欲しかったし、前川の涙が頭上に落ちてきて不快だった。

「美香はね、とっても傷ついてるのよ！　それをあんたはヘラヘラしながら香穏くんに近付いて……元々あんたのその何考えてんだか分かんない気味悪い笑顔が大嫌いなのよ！　叩かれても蹴られても笑って。何様なの⁉　私は優しいから虐められても許しますって、女神にでもなったつもり⁉　先生もあんたの事ばっか贔屓して、ちょっと花に水やったくらいで褒めて、あたしが県大会行った時は全然褒めてくれなかったのに！　そうよあんたが全部悪いのよ。あんたさえ居なければ美香が振られる事もなかったのに」

前川が傷ついている、から始まった話は、いつの間にか張間個人の愚痴へと変わっていた。それよりも明里が気になったのは、張間が思い出したかのように言った、長々とした愚痴の最後を締めくくった言葉だ。

前川が振られた。

――でも、誰に？

答えは容易に想像する事が出来た。前川は張間に渡されたハンカチで涙を拭うと、真っ赤にした目をキッと細めて、明里を睨んだ。

「なんで香穏くんはあんたなんかに構うのよ……」

思った通りであった。前川は、香穏に告白し、そしてそれは失敗に終わったのだ。くだらない。こんなのただの八つ当たりではないか。自分が振られた腹いせに、香穏の近くにいる明里に鬱憤をぶつけているだけだ。プライドだけは一丁前に高い前川の事だ。自分が振られたという事実が許しがたいのだろう。明里は何も言わなかった。明里に向けられた不満は、今度は香穏へと向けられた。

「大体あの男も何様のつもりよ。ちょっと家が金持ちだからって、調子に乗って。こんな気味の悪い女とつるんで。ばっかじゃないの」

途端、明里の身体の中心からふつふつとした怒りが込み上がってきた。それは、マグマのように燃え滾り、明里の頭のてっぺんから、つま先まで広がった。自分が罵られた事による怒りではない。この女は、最も馬鹿にしてはいけない人物を馬鹿にした。香穏を馬鹿にした目の前のこの女の鼻をへし折ってやりたい。そんな衝動に駆られた。それまで、明里が彼女ら、もしくは彼らに反抗的な態度を取ったことは一度もなかった。自分が馬鹿にされることなど慣れていたから、特にこれと言って感情が動くこともなかった。と言うか、もとより自分は感情が薄かった。嬉しいとか、悲しいとか、悔しいとか、そんな感情はいつしか明里の中から失われていて、それを悲しいと思う事さえなかった。でも、今、明里の心の中にあるもの。それは明確な怒りだった。こんな強い怒りを覚えたのは久しぶりだった。明里はその時初めて、こいつらに、いや、小学生の頃から自分が決して逆らう事のできなかった大きなものに逆らった。

「香穏は――選ばない」

「は？」

前川は突然今まで黙っていた明里が言葉を発したものだから、上手く聞き取れなかったようでポカンとした顔をしている。

ならば、聞こえるように言ってやろうと明里は今度ははっきりとした声で、前川の目をしっかり見てこう言った。

「香穏はあんたみたいなバカ女選ばない」

一瞬、辺りが静寂に包まれた。

前川は、たった今言われた言葉が信じられないのか、崩れたアイシャドウのせいでパンダみたいになっている目を見開いていた。明里の起こした革命は、それは明里にとっては良くない事だったかもしれない。前川はただでさえ耳障りなキンキンとした声を、まるでヒステリーを起こした子供のように辺りに響かせた。

――今こいつなんて言った？

――馬鹿って言ったよね。

――あたし達に逆らった。

――化け物の分際で。

──化け物、化け物、化け物。

──化け物に制裁を！！！！

制裁、制裁、制裁を!!　前川の言葉から始まったそれは、ウイルスのように辺りに伝染し、たちまち汚染された。

前川がポケットから何かを取り出し、ニヤニヤと下卑た笑みを浮かべてそれを明里の前にちらつかせた。

「ブッサイクな明里ちゃんにプレゼントお！　私が整形手術してあげる」

カッターの刃がギリギリと音を立てて伸びていくのを見て、明里は殺される、と直感でそう思った。以前の明里ならそれでも抵抗しなかったかもしれない。でも、今は死にたくないと思った。死んでしまったら、香穏と話せなくなる。私がいなくなったら、だれが香穏の傷を手当てするというのか。こんなところで、こいつらに殺されるわけにはいかない。

しかし、逃げ出そうとした明里を前川は許さなかった。

「わたなべぇ！」

前川がそう呼びかけると、渡辺が明里の両腕を後ろで締め上げた。そうか、渡辺はこういうときのための人材だったのだ。

野球部の男子生徒の力に抵抗できるはずもなかった。明里はそれでも逃げ出そうともがくけれど、誰かに思い切り脇腹を蹴られ、その抵抗も虚しく終わった。

「じゃあ手術を始めまあーす！」

体育倉庫の扉がガチャンと閉まる音と、前川の言い渡した死刑宣告を聞きながら明里の頭に浮かんだ言葉は「絶望」の二文字だった。

＊

この地域でも有名な進学塾は、夜の九時を回っているというのに見上げた窓ガラスは煌々と光っていた。

明里は塾の入り口脇にある電信柱の前に座り込みながら、目的の人物が来るのを待った。

時折、こちらをゾンビでも見たかのような顔をして通り過ぎて行く人もいたが、どうでも良かった。

あれから、どうやってここに辿り着いたかよく覚えていない。前川は、明里がごめんなさい、と言うまで明里の顔をカッターで切り続けた。細菌除去と言って、前髪をライターで燃やされた。異様だった。皆、明里がうめき声や叫び声をあげる度に、まるで新しいおもちゃを手に入れた子供のようにはしゃぎ、響めいた。明里に蹴りを入れたときの皆の高笑いを思い出す度に背筋がゾクリとする。

「ごめんなさい」

二時間に及ぶ暴行に明里が耐えられなくなって、弱々しい声でそう言えば、前川達は満足そうな顔をしてその場を去った。最後に、置き土産を残して。

「ほぉ〜ら、明里ぃ！　可愛くなったねえ」

そう言って手渡された手鏡には、ざっくりと切られた傷口から血を垂らし、酷く憔悴した自分の醜い顔が映っていた。


目的の人物はすぐに見つける事ができた。数名の賑やかな集団の真ん中に、彼、香穏はいた。香穏は明里の姿を見ると、驚いたような顔をして駆け寄ってきて、その顔を見た瞬間ハッと息を呑んだ。先ほどまで香穏と一緒にいた塾生が、好奇の目でこちらを見て何やらヒソヒソと囁いていた。

とりあえず人気のないところに行こう。そう言われ、素直に香穏の後に続く。先ほど切られたばかりの顔の傷口がジンジンと痛むのを我慢し、夜で良かった、と思った。昼間に顔から血を流した女子生徒が街を歩いていたら、きっと騒ぎになっていたはずだ。香穏に連れられてやってきたのは、小さな公園だった。夜の九時を回っているという事もあって、周りには明里と香穏以外誰もいなかった。申し訳程度に設置されたベンチに二人で腰掛ける。

最初に口を開いたのは香穏だった。

「夜ごはん、食べた？」

何があったか、あえて聞いてくることはない香穏に救われた。今日の事を思い出したら、その場で吐いてしまいそうだった。

「ううん」

「お腹減ったでしょ」

「コンビニで買うからいい」

「駄目だよ。身体壊すよ」

つい先日、屋上で同じような台詞を人に言ったな、なんて明里は苦笑した。五月に入って給食廃止令が出され、明里は毎日コンビニでおにぎりを買って食べていた。腰を悪くした祖母の為、家でのご飯は明里が作っていたが、お世辞にも美味しいと言えるものではなかった。それでも、最初のうちは自分で自分の弁当を作り、学校に持って行ったのだが、ゴミ箱に弁当箱ごと捨てられているのを見つけてからは、それもやめた。お友達と遊んでおいで、と祖母に渡されていたお小遣いを百円のおにぎり二つに消費し、担任にその事がバレると困るから、おにぎりは屋上で食べる事にした。

「僕のお弁当食べていいよ」

そう言って、香穏は自分のリュックサックから大きな弁当箱を取り出すと、ベンチの上に置いた。香穏がその箱を開けると、中には綺麗な卵に包まれたオムライスが入っていた。ご丁寧に、タコさんウインナーまでついている。香穏の弁当が豪華な事は、弁当に変わった初日に、誰のお弁当が一番か、というランキングで見事一位を取っていたから知っていた。しかし、こうして目の当たりにすると、あまりにも綺麗な出来に思わず感嘆の声を上げてしまいそうになる。

「すごいね、香穏のお母さん」

「母さんはお弁当作ってないよ」

褒めたつもりだったのに、それまで普通の顔をしていた香穏の顔が急に陰った。

「じゃあお父さん？」

「違う。これは母さんが知り合いのシェフの人に作らせたやつ」

シェフに作ってもらった、なんて、明里にとっては異次元な話で、そんな弁当を毎日食べている香穏を少し羨ましく思ったが、当の本人はちっとも嬉しそうではなかった。

「母さんは僕のためにご飯を作ってくれたことなんて一度もないんだ」

そう言う香穏の横顔はとても悲しそうだった。明里は香穏の言いたい事が分かる気がした。明里も、香穏も、母親の手作り弁当を食べたことがない。ふと、あの屋上で出会ったいつもメロンパンを食べている少年の寂しそうな顔が浮かんだ。あの子は、母親の手作りのご飯を食べた事があるのだろうか。

「さっ、食べて」

いつもの調子に戻った香穏が、明里の膝の上に弁当箱を置いた。渡されたスプーンを受け取って、明里は恐る恐るオムライスを一口分掬い、口に入れてみる。

美味しかった。とても、とても美味しかった。お腹が空いていたから、というのもあるかもしれない。でも、こんなにご飯を美味しいと感じた事は無かった。気が付くと、明里は泣いていた。

「そんなに美味しい？」

「うん。すごく……すごく」

何故だか、涙が溢れて止まらなかった。明里の両目から流れる粒が、傷口に染みて痛い。香穏にハンカチを渡されたら、もう駄目だった。今まで溜まっていたものが堰を切ったみたいに溢れ出してきて、明里は声をあげて泣いた。香穏は、優しく明里の背中を擦ってくれた。今日起こった事。前川達の笑い声。蹴られた感覚。まだ焦げ臭い前髪が、明里を現実から逃げ出す事を許さなかった。何故、自分だけがこんな思いをしなくてはいけないのだろう。一体、自分が何をしたというのか。

自分は弱者なのだから、虐げられるのは仕方ない事だと思っていた。でも、本当にそうなのだろうか。弱者は一生、強者に虐げられ続けなければいけないのだろうか。

——一体いつまで？

今日のような事がまた起こると思うと明里は足にとてつもなく重い鉄球を付けられたかのような気分になった。

ふと、張間の言葉が蘇った。『花に水やったくらいで』担任は確かに明里のことを特別扱いしている節があった。

小学五年生の時の担任の言葉が蘇った。『ハンディキャップがあるのだから優しく』明里には何が正しくて、どうするのが正解か、もう分からなかった。

「明里」

香穏が優しく、慈しむみたいに明里の顔にそっと触れた。

「綺麗だよ」

香穏の目を見た。まっすぐな目だった。

「明里は、綺麗だよ」

香穏に頬を撫でられながら、明里は夜で良かった、と思った。こんな醜い自分の顔を白昼堂々と香穏に晒してしまったら、幻滅されるのでは、という不安があった。香穏はそんな事する人じゃないと分かっていても、『化け物』と言われた記憶が蘇ると、怖くなった。

香穏が明里の頬から手を外し、それを上に滑らせる。変色し、チリチリになった明里の前髪を、香穏は小さい赤子を撫でるかのような優しい手つきで触れた。なんだか、香穏に汚いものを触らせてしまっている事が申し訳なくて、明里は俯いた。

その手があまりにも優しいから、ようやく落ち着いてきた涙がまた溢れそうになる。香穏に撫でられながら、落ちた自分の涙で崩れるオムライスのケチャップを見て、明里はどうしようもない気持ちになった。

*

幕の後ろから観客の微音が聞こえる。話し声、咳をする音、誰かのくしゃみ。この幕の上がる前の絶妙な緊張感が香穏は好きだ。皆一様に、これから始まるステージへの期待感と高揚感で色めきだっている。緊張しないわけではなかった。香穏だって緊張くらいはする。ドキドキと普段より速い心臓の鼓動を確認し、左の手のひらに右手で三回「人」という文字を書く。初めての発表会で緊張している香穏に母さんが教えてくれたおまじないだ。緊張するような出来事があると香穏は毎回このおまじないをする。そうすると、自然と自分にはなんでも出来るような気がして、心が落ち着いていく。

ブーとブザーが鳴って、香穏はそろそろだ、と大きく深呼吸をした。大丈夫。今日の日の為にたくさん練習した。間違える事などないはずだ。やがて、ゆっくりと幕が上がっていく。大勢見える観客に少しのプレッシャーを感じつつ、同時に期待に応えたい、とやる気で満ちあふれてくるのを感じた。もう一度深く深呼吸すると、香穏は大きく一歩を踏み出した。

*

朝、人の話し声で目が覚めた。壁に掛かった時計を見ればまだ八時前だった。

せっかくの日曜日なんだからもう少し寝ていたかったのに、と思いながら香穏はまだ重たい頭を上げた。ベッドから足を出してスリッパに滑り込ませれば、ひんやりと冷たい感覚に一瞬身震いする。

二階にある自室のドアを開け、外に出た。香穏の部屋の前には壁掛け用の中くらいの鏡があった。その下に、小さなチェストと、その上にはいつも絶えることなく花が飾ってある。枯れそうになる度に母さんがフラワーショップで買った新しい花に取り替えているみたいだ。香穏はその花に目を引かれた。昨日寝る前に見た花とは違っていた。別にそれだけなら特に気にすることではない。香穏は母さんと違って花に興味はないし、コロコロ変わるその様子にも、もう慣れた。しかし、今朝の花はユリだった。それも、見覚えのあるユリだ。香穏はすぐに、それが昨日のピアノ発表会で貰った花だと気付いた。

――母さん、もう飾ったんだ。

チェストの前に立ってユリに顔を近付ければ、いい香りがした。途端、昨日の記憶が蘇ってくる。小学生の頃から習っているピアノ。母さんが高いお金を払って、近所でも有名な元ピアノ奏者という人が経営している教室に通わせてくれた。そのピアノ教室の一年に一度の発表会が、昨日だった。

親戚の人や近所の人なんかも母さんが招待して見に来てくれていたから、上手くできるか緊張したけれど、練習の甲斐あってかミスすることなく終われた。

弾き終わった後の会場に響き渡る拍手の音と、光景を思い出すとまだ身体がゾクゾクした。ステージ裏で同じ教室の仲間達に讃えられている時、とてつもない達成感を覚えた。

――まるで夢のような時間だった。

香穏は暫し、昨日の思い出に浸った。

しかし、その夢は突如その場にそぐわない声量によって打ち壊された。

階下から聞こえる。母さんの声だ。

香穏はゆっくりと慎重に階段を降り始めた。カーペットの床は、気を付けなくても、香穏の足音を吸収し、かき消した。

「どうして香穏の曲が『子犬のワルツ』なんですか？」

その声に、足が止まった。

「香穏より歳下でもっと難しい曲を弾いている子もいました。『子犬のワルツ』なんて簡単じゃないですか。香穏にももっと難しい曲を弾かせてください。あれじゃ香穏が可哀想じゃないですか」

香穏は階段の手すりに背中を預け、そのままズルズルとしゃがみ込んだ。母さんはまだ何か言っていたけど、香穏の耳には入らなかった。聞かずとも、母さんが何を言っているのか大体察しがついた。そして、それを想像すると、香穏は鬱々とした気持ちになった。朝っぱらから文句を言いに電話をする非常識さに、何故気付かないのだろう。そして、その内容が自分の事であるのに恥ずかしさで顔から火が出そうだった。確かに香穏より歳下の涼太（りょうた）くんは『子犬のワルツ』より難しい『幻想即興曲』を弾いていた。でも発表会で弾く曲は先生が決めた事だ。生徒一人ひとりのレベルと実力に合った曲を選んでいる。香穏の実力が無いわけではない。『子犬のワルツ』だって難しい部類に入る。ただ、あのピアノ教室には香穏の他にももっと凄い才能を持った子が沢山いるのだ。それも母さんは分かって入れたはずだ。香穏の実力では、『子犬のワルツ』を弾くのが精一杯だった。

それでも、練習の甲斐あってかミスをする事もなかった。完璧に弾けたはずだ。でも、そんなんじゃ母さんは認めてくれない。母さんは、一番でないと満足しない。何に対してもそうだ。テストの成績。足の速さ。歌の上手さ。ダンスの上手さ。小学校低学年の時、読書感想文で奨励賞を貰った。母さんにその事を報告すると、やっぱり香穏は天才ね、と褒めてくれた。でも、褒めてくれたのはその一言だけだった。その後、残念そうに「でも大賞じゃないのは惜しかったわねぇ」と何度も言われた。クラスの皆も、担任の先生もたくさん褒めてくれたのに、母さんだけは違った。段々、何故大賞ではないのか、何故一番ではないのかと責められている気分になった香穏が俯くと、母さんは、

「母さんは香穏が一番じゃなくても愛してるのよ」

と、幼稚園の時、予防接種を嫌がる香穏に「遊びに行く」と嘘をついた時と同じ仕草をしな

がら言った。

　電話が終わったのか、静かになったリビングに香穏が入ると、母さんは「朝食できてるわよ」とさっきの電話口の怖い口調など微塵も感じさせないくらい明るい声で言った。素直に香穏が席につくと、食卓にはどこの店で仕入れたのか、フワフワな食パンとバターが並んでいた。

「高木さんに良いパンが入ったからって送ってもらったの」

　高木さんとは、母の知り合いの洋食屋を経営している人の名だ。香穏も以前、家族で行った事がある。その時、たまたま食べたオムライスが美味しくて、美味しいと香穏が口にしてから、母さんはいつもお弁当にわざわざ高木さんに作ってもらったオムライスを入れる。香穏は、一回しか会った事のない高木さんのご飯なんか食べたくなかったし、普通にクラスの子達のように親の手作りのお弁当が良かったのに、母さんはそんな自分の気持ちなど微塵も想像していないようだった。

「そういえば香穏。昨日の発表会良かったわよ」

　パンにバターを塗っていると母さんが洗い物をしながらそう言ってきた。

「うん」

「でも、香穏ならもう少し上手くできたんじゃないかしら」

「うん」

「涼太くん、確か小学六年生よね？　香穏よりも随分歳下ね」

「うん」

「香穏は涼太くんに負けて悔しくないの？」

負け。一体何が勝ちで何が負けなのだろう。涼太くんより難しい曲を弾ければ勝ちなのだろうか。誰よりも難しい曲を弾ければ勝ちなのだろうか。本来、コンクールでもないのだからピアノに勝ち負けなんて無い気がしたが、母さんからしたら自分は負けなのだろう。

「悔しい」

「そうよね、悔しいわよね。その為にはどうしたらいいか分かるわよね」

「練習する」

「そう。香穏はやっぱり頭が良いわね。母さんは香穏はやればできる子だって信じてるわよ」

母さんの目から見たら、自分はやっていない部類に入っている事がショックだった。昨日の発表会の為にやれるだけの努力はしてきたつもりだった。事実、見に来てくれた人には良かったよ、と褒められ、先生にもこれからの成長が楽しみと言われた。でも、母さんにとって、一番でなかった自分は失敗なのだ。

「ごちそうさま」

そう言って自室に戻る。一人になった途端、言いようのない苛立ちが香穏を襲った。母さんと話すといつもイライラする。

でも、反抗する事も出来なかった。無意識のうちに、目線は勉強机の上のはさみへと向かった。これで自分を傷つけるのは簡単だ。刃先を皮膚に当て、ちょっと力を込めるだけですぐに血が出てくる。どこにもぶつける事の出来ない苛立ちを、香穏は自分へと向ける事しかできなかった。

小学校低学年までは自分は人気者だと信じて疑わなかった。いつも周りにはたくさんの人が居たし、皆自分を褒めた。それは自分が愛されているからだと、そう思っていた。そうじゃない事に気付いたのは小学三年生の時だ。階段の踊り場で偶然聞いてしまった会話。

「あいつのご機嫌取りつかれる〜」

「でもママが香穏くんと仲良くしなさいってうるさいし」

「言われたから仲良くしてやってるだけなのにね」

それまで友達だと思っていたけんちゃんと、まーくんの声だった。友達に裏でそんな事を言われていたのがショックで、泣きながら帰った。真っ赤に目を腫らして帰ってきた自分に母さんは酷く狼狽えて、どうしたのか聞いた。本当の理由はなんだか言ってはいけない気がして、友達と喧嘩した、と嘘をついた。自分の努力で出来たと思っていた友達は、母さんが裏で手を回していたからだった。母さんは自分の交友関係を全て把握していないと気が済まないようで、いちいち口出ししてくる。

つい一週間前、クラスメイトである女子が酷い暴行を受けた際、公園にいた為帰宅時間が遅くなった時など、母さんは何十回も電話をかけてきた。

いつもより二十分遅れて家に帰ると、待っていたのは説教だった。

「どうして公園なんかにいたの!? 一体誰といたの!? どうせあの子でしょ。言ったわよね？ あの子と関わるなって。それなのにどうして!? どうして母さんの言う事が聞けないの!?」

母さんはその女子を毛嫌いしていた。一体何が気に入らないんだか、その子の名前を出すだけであからさまに嫌そうな顔をする。

香穏は、ご丁寧にも最近搭載されたばかりだというGPS機能のついた馬鹿高い値段の携帯を持たせられていたから、行動は筒抜けだった。多少は怒られるだろうと覚悟していたが、まさかここまで大事になるとは思わなかった。

普段は冷静な母さんがヒステリーでも起こしたかのように興奮していた。遅れた事がいけなかったのだろうか。それとも、彼女といた事が悪かったのだろうか。多分どっちもなのだろうが、ここまで母さんをヒートアップさせている原因は後者なような気がした。ごめんなさい。今にも皿を投げつけてくるのではないかという剣幕に、そう言うしかなかった。

「あなたからも言ってやってくださいよ！」

それまで、新聞を読みながら傍観者に徹していた父さんに矛先が向けられた。父さんは、「今日はオペが二件も入っていたから疲れてるんだ」と面倒くさそうに言った。父さんは仕事と、僕の成績の事にしか興味がない。だから、僕と母さんのくだらない喧嘩に参加するはずもなかった。

＊

朝、登校し教室に入ると彼女、生田明里は既に席に着いていた。その後ろ姿に声をかけると、サラリと黒髪が舞った。

彼女の顔の傷は一週間前よりかはマシになっていたが、まだ完全に消える事のない赤い傷痕が彼女の受けた暴行の凄惨さを物語っていた。

彼女は、周りの大人達には転んだときに石で擦りむいたという事にしていると言ったが、そんな事が嘘だというのはこのクラスのほぼ全員が知っている。それでも、彼女が受けている虐めを誰かが教師に密告する事はなかった。香穏は一度、教師に訴えた方がいいと言ったのだが、祖母に迷惑をかけたくないからと言われ、拒否されてしまった。

彼女と話そうとリュックサックを机の横に備え付けてあるフックにかけて席に着こうとした時だった。

「青山、ちょっといいか」

ドアから顔を出し、こちらに向かって手招きしているのは担任だ。

「ごめん、ちょっと……」

「いいよ」

彼女とそう言葉を交わし、ドアへと向かう。

「悪いな、ちょっと職員室まで来てくれるか？　大した用じゃないんだ」

近付いた香穏に担任はそう言った。香穏はクラスでも真面目な方だったから、雑用なんかを任される事が度々あった。

今回もそんなところだろう。面倒に思ったが、素直に担任の後に続き廊下を進む。

「話の邪魔して悪かったな」

「いえ、大丈夫です」

「いやぁ、生田にもやっと友達ができたって安心してたんだ。ほら、生田はあまり社交的な方じゃないだろ？　だから青山みたいな優秀な生徒が友達で生田のご家族も喜ぶと思うぞ。青山は偉いな」

「はい」

偉い。何が偉いのだろう。彼女と仲良くする事は、『偉い』のうちに入るようなそんな大層な事なのだろうか。

きっとこの担任も悪気があって言ったわけではないのだろう。むしろ担任は、生徒思いで、子供を教育する事にとても熱心で、割りかしマシな方だと思う。ただ、決定的な欠点があった。それは少し愚鈍だという事だ。

「でも生田も災難だよな。夜道だったたから足下が見えなかったらしい」

彼女が虐められている事にも気付かず、あの顔の傷を本当に石で擦りむいてできたものだと信じている愚鈍さに呆れながらも香穏は適当に相づちを返した。きっと、今月の職員会議で担任は自分と彼女の事を話すだろう。可哀想ないじめられっ子に優秀な友人ができた、しかもその生徒は自分のクラスの生徒なのだ、と得意気に。

「そういえば聞いたぞ。発表会、良かったらしいじゃないか」

彼女の傷を災難という一言で片付けた担任はもう次の話題へと移っていた。褒められているというのに、香穏は全く嬉しい気持ちになれなかった。何度となく言われてきた「すごい」「えらい」という言葉は、今では聞く度に香穏を侘しい気持ちにさせた。

職員室から出てきた担任は、『風邪に注意！』と大きく印刷されたプリントの束を渡してきた。

「風邪……」

「そうだ、最近風邪が流行ってるからな。隣のクラスなんかもう五人も欠席者が出てるらしい。青山も気を付けろよ。まあ、もし風邪になってもサメタマで看てもらえるから安心だな！」

途端、香穏の肩にずっしりと重い石がのしかかったかのような感覚に襲われた。そんな香穏の心情など露知らず、担任は職員室の向こうに消えて行った。サメタマとは、父さんが勤務している病院の事だ。父さんが勤務している病院は、地元では唯一の総合大型病院で、ここらへんに住んでいる人は何かあったらサメタマに行く。本当はそんなへんちくりんな名前ではなく、ちゃんとした名前があるのだが、皆サメタマと呼ぶ。サメの卵でサメタマ。サメの卵であるキャビアのように高い治療費という意味らしい。名前ばかりが先行して、本当の意味を知っている人なんて数少ないと思うが。

暗い気持ちになっていた香穏は、突然のドンッという大きな音で現実に引き戻された。音は、近くの部屋のどこかから聞こえた。誰かが口論するような声も聞こえる。音を確かめるように一歩ずつ廊下を進んで行くと、段々言い争う声もはっきり聞こえてきた。やがて、香穏は一つの部屋の前で足を止めた。

——ここだ。

上を見上げると、「生徒指導室」という文字が見えた。少し半開きになっているドアの隙間から中を窺うと、一人の男子生徒と、生徒指導の担当でもあり、体育の担当でもある男性教師が対峙していた。白熱灯だ。

「一体今までどれだけお前の問題行動に目を瞑ってきたと思ってるんだ！」

そう言って、教師は机を拳で叩いた。ドンッという鈍い音が辺りに響き渡る。この教師は厳しくて怖い事で有名だったが、やはりキレると迫力がある。香穏が見るに、相当ご立腹の様子だ。対する男子生徒は、全く物怖じする事なく挑発的な目で目の前の教師を睨みつけていた。

「俺はお前らの指図は受けない」

そう言い切った男子生徒の横顔を、どこかで見た気がした。でも、誰かまでは思い出せない。それよりも、この鬼気迫る教師にそんな反抗的な態度を取れる事が香穏には衝撃的だった。

「今までお前がサボっていた分の課題をたったこれだけで帳消しにしてやろうっていうんだ！少しは感謝したらどうなんだ！」

「そんな事頼んでねーよ。大体掃除とか俺の趣味じゃねぇし」

「ただ掃除するだけじゃないか！」

「教室に廊下にプールサイドの掃除に花壇の手入れを二週間なんて掃除じゃなくて清掃員がやることだろ。あっ、うちは金がないんだったな。だから掃除って名目で生徒に押し付けんのか」

「遠藤！　屁理屈をこねるのもいい加減にしろ！」

教師が彼の名前を呼び、そこで香穏は思い出した。この男子生徒、どこかで見た事あると思ったら、同じクラスの遠藤里聖だ。しかも同じ環境班だったはずだ。始業式の日、環境班に割り振られたのを不服そうな顔で黙って聞いていた彼の姿を思い出した。彼の噂は、なんとなく聞いていた。問題児とか、不良とか。どれも、良い噂ではなかった。でも彼は始業式の日以降全く学校に来ていなくて、五月に入ってたまに後ろの席でパンを食べているのを見かけたくらいで、特に気にかける事もなかった。記憶の中の彼の姿を思い出していた時だった。

「うちの学校は貧乏だからな、給食の廃止の次はなんだろうな。校長のかつらでも売って金にするとか？」

彼は挑発的な笑みを浮かべてそう言った。

「遠藤！！！！」

教師の手のひらが思い切り彼の頬にクリーンヒットしようとした瞬間、

「僕手伝います」

無意識のうちに声が出ていた。雑用を任される彼を、少し可哀想に思っただけだ。香穏は生徒指導室の扉を開け、二人にそう言った。ポカンとした顔の教師と、表情を変える事無く香穏を一瞥する彼。香穏は担任から先ほど渡されたプリントを落とさないようにギュッと胸に抱えた。

「青山じゃないか。どうしたんだこんなところで」

「柴崎先生に頼まれてプリントを運びに行く途中だったんです。そこで物音を聞いて……」

「そうか。いや悪いな。びっくりさせて」

彼、遠藤里聖は、入ってきた時に香穏を一度見ただけで、香穏と教師が話し始めた頃にはもう目線を外していた。香穏の事などまるで見えていないかのような素振りをする彼に少し汗が出てくるのを感じながら、香穏は恐る恐る口を開いた。

「それよりさっきの話……」

「あぁ、遠藤の事か。青山は成績も良いんだしわざわざペナルティを受ける必要はないんだぞ」

教師は香穏が来た事で少し冷静さを取り戻しているように見えた。しかし、先ほどの鬼のような剣幕を思い出し背筋が凍るのを感じながら、香穏は慎重に言葉を選んだ。

「僕も遠藤くんと同じクラスですし、それに同じ環境班ですから」

「あぁ！　そうだったのか。そういえばそうだな。でも本当にいいのか？　青山」

「はい。掃除をするのは得意ですから」

「うん、そうだな。青山がついててくれるなら心配ないな。遠藤。優しいクラスメイトに救われたな」

彼は、バツが悪そうに足下を睨んでいるだけで何も言わなかった。流石にこの状況でノーと言うのは憚られたのかもしれない。

「じゃあ遠藤、今日の放課後から二週間しっかりやるんだぞ。青山、遠藤がサボらないように見張っててくれよ」

そう言って、教師は部屋から出て行った。生徒指導室には遠藤と香穏だけが取り残された。

彼と二人きりになり、香穏は少なからず緊張した。彼とは、今まで一度も話した事がない。それに、さっきからずっと香穏と目を合わせようとしない彼の態度も、気になった。沈黙に耐えきれず、何か話そうと口を開きかけた瞬間だった。突然窓から風が吹き込み、香穏の手から先ほど担任から渡されたプリントが舞った。

「あっ」

しゃがみ込んで床に散らばったプリントを拾い集めていると、それまでだんまりだった遠藤が口を開いた。

「余計な事すんじゃねーよ」

思わず、手が止まった。それだけ言って彼は部屋を出て行った。やはり余計な事だったのかもしれない。プリントを拾い終えて、廊下に出たときにはもう彼の姿はなかった。

＊

香穏は小さい頃から習い事を多くさせられてきた。

ピアノ、水泳、ダンス、習字。中でも両親が特に力を入れていたのはやはり勉学だ。塾には幼稚園の頃から通わされていた。将来役に立つからと、イングリッシュスクールにも通わされた。中学に入ると、勉強の為外国に数カ月ほどホームステイをしていた事もある。中学一年の後半になると、両親は今通っている塾より更にレベルの高い進学塾に通わせた。高校受験の為だ。その進学塾には週三日、学校終わりに六時から夜の九時まで三時間英語と数学を習っている。最初は母さんはそんな夜遅くまで外に居させるなんて何かあったらどうするのだと反対していたけれど、父さんの強い勧めとGPS機能のついた携帯を持たせる事を条件に許した。それに、帰り道だって一人なわけではない。同じ塾に通っている友達と途中までは一緒だし、一人で家まで帰る距離はおよそ五百メートル程だ。過去数カ月で何か問題が起きた事はないし、母さんが心配しているような誘拐犯に連れ去られた事もない。ただ、友達と別れてから家までの間にあるコンビニにたまに柄の悪い連中がたむろしているのを見た事があるが、素通りしてしまえば何の問題もない。はずだった。だから今回の事は凄く異例で、とんでもないイレギュラーだった。

「お前見たところお坊ちゃんそうだなぁ。その洋服ブランドもんだろ」

「その腕時計も高そうだなぁ。ガキのくせにそんなもんつけて」

「いくら持ってんだ？　あ？　財布見せてみろ」

自分は今、所謂カツアゲにあっているのだと財布を取り上げられてようやく気付いた。相手は高校生くらいの二人組だ。

こんな事は初めてで、怖くて足が震えた。自分はどうなるのだろうか。暴力を振るわれるのだろうか。大人しくお金を出せば見逃してくれるのだろうか。

「なんだよこいつ、ガキのくせに二万も持ってやがる！」

「今日はアタリだな！」

目の前で母さんから何かあった時の為に、と持たされていたお金を抜き取られる。

どうする事もできなかった。母さんにこの事がバレたらきっと塾を辞めさせられるに違いない。もしかしたら、もう一人で外出すらさせてくれないかもしれない。そっちの方が気掛かりだった。

「じゃあな、坊主！」

「またヨロシクなぁ～！」

そう言って下卑た笑いをしながら二人組が去っていく。通り過ぎる人は面倒事に関わりたくないのか、足早にコンビニを去って行く。仕方ない。こんな事に首を突っ込むほどおせっかいな奴なんていない。

「待てよ」

その時、違う声が聞こえた。

「あ？」

立ち去ろうとしていた不良が立ち止まった。香穏の場所からは声の主の姿は見えなかったが、何処かで聞いたことのある声だと思った。

「なんだよお前。見たところ中坊らしいけど俺達になんか用？」

「歳下からカツアゲなんてダッセーな」

「はあ？　何様だてめえ！」

明らかに二人組が苛立ちを露わにするのが後ろ姿からでも分かった。

「そいつに金返してやれよ。これ以上ダサいとこ見せたくないならな」

「あぁ～分かった分かった、こっちが悪かったよ。ちゃんとお金は返すからさ」

そう言って二人組のうち一人が声の主に近付く。何だか嫌な予感がした。大人しくお金を返すとは思えない。香穏の予想は当たり、男は声の主の目の前まで行くと思い切り拳を振るった。

「危ない！」

思わず声が出ていた。次にドンっという鈍い音がする。思わず目を瞑った。

自分のせいで同じ中学生が殴られてしまった。しかし聞こえてきたのは先ほどの男のうめき声だった。何事かと思い恐る恐る目を開けると、目の前には拳を振るったはずの男が腹を押さえて倒れていた。

「お、お前ぇ……！」

もう一人残された男が一歩後退りする。

「こんなもんか。やっぱダサい事する奴は喧嘩の強さもお粗末だな」

声の主がゆっくり歩いてきた。コンビニから漏れる光が声の主の顔を照らし、その正体に香穏は思わず目を見張った。

そこにいたのは遠藤里聖だった。

「ふざけんなよぉ！　中坊のくせに‼」

残された男が勢いに任せ遠藤里聖に殴りかかった。それを素早く躱して、男の急所を思い切り蹴り上げると男はうめき声をあげてその場に倒れ込んだ。見ているこちらが痛々しい。

「何してんだよ、行くぞ」

「え？」

「いいから早く来い」

遠藤里聖はまだ転がっている男達に目もくれず、走り出した。香穏もまだ頭の処理が追いつかないままがむしゃらに走った。彼は足が凄く速かった。いつも体育を休んでいる香穏が追いつけるはずも無かった。やがて、数百メートルほど走った場所でようやく彼に追いついた時には香穏の息は上がっていた。

「ありがとう、君やっぱり喧嘩強いんだね」

まだ息が整わないままそう言うと、彼はこちらをチラリと見た後、忌々しげに舌打ちをした。

「つたく、お前も少しは抵抗しろよ」

「でもなんで？　どうして助けてくれたの？」

「別に助けたわけじゃない。ただああいう道理に適わない事をする奴はムカつくんだ」

「でも結果として僕は助かった。ありがとう」

「ほらこれ、こんな持ち歩いてんじゃねえよ。目つけられて当然だ」

彼はそう言うと二人組から取り返してくれたお金を香穏に渡した。

「遠藤くんにあげるよ。助けてくれたお礼」

「いらねえよ。それより早く帰れ」

「遠藤くんは帰らないの？」

「俺は別に帰らなくても何も言われないからな」

「えっ、怒られないの？」

「あぁ」

「凄いね。羨ましいよ」

「なんでだ？」

「僕の母さんは凄い厳しいんだ。僕が少しでも門限に遅れたら怒られる」

「それだけ愛されてるって事じゃねえの」

愛。愛と呼ぶのだろうか。これは。子供を縛り付けるのが愛なのだろうか。小さい頃はこんな疑いを持った事は無かった。自分は両親にとても愛されていると感じていたし、周りにも香穏くんは幸せね、と言われ続けていた。それを一欠片も疑う事なく信じ続けてきた。しかし、いつからだっただろう、母さんの教育に疑問を持ち始めたのは。

「とにかく早く帰れよ。もうあのコンビニの前を通るのはやめろ。じゃあな」

そう言って彼は立ち去った。手元にはクシャクシャの二万円だけが残った。

家に着くと、予想通り母さんは怒った。

何しろ、門限に三十分も遅刻している。

何故全く違う場所にいたのだ、とGPS機能によって筒抜けな情報によって責め立てられ、事の経緯を話すしか無かった。

母さんは話を最後まで聞き終える事なく、警察に電話すると言って受話器を取った。

「母さん、僕は無事だったから大丈夫だよ。お金だって奪われなかったんだし」

「何を言ってるの⁉　殺されてたかもしれないのよ⁉」

「クラスメイトが助けてくれたんだ。だから僕は傷一つない」

「その子がいなかったら香穏はどうなっていたというの⁉　とにかく警察に訴えましょう。塾も今すぐ辞めさせるわ」

「母さん……」

母さんは怒りで我を忘れていた。こうなってしまっては、母さんを止める術はない。唯一の頼みの父さんは今日は残業で病院に泊まり込んでいる。最悪の事態になった。これからはより一層監視が厳しくなるに違いない。やってきた警察官に話を聞かれながら、香穏は暗い気持ちになった。

＊

後日、落ち着きを取り戻した母さんは遠藤くんのお家にご挨拶に行きましょうと言い始めた。塾は前通っていた所に戻り、警察官が近所をパトロールしてくれる事となっても、母さんの不安はまだ無くならないようだった。門限は前より一時間早くなったし、学校が終わったらすぐに直帰するように言われた。

遠藤くんの家は小さな一軒家だった。

今時にしては珍しい呼び鈴タイプのチャイムを押すと、中から柔和な顔つきの女性が出てきた。遠藤くんのお母さんだろう。中に通され、母さんと共に食卓に座った。どうやら遠藤くんは不在のようだ。コカコーラとオレンジジュースどっちが良い？　と言われたので、オレンジジュースを頼んだ。

「すいません汚くて……。男三人兄弟なものですから……」

そう言いながら申し訳なさそうに紅茶とオレンジジュースを出され、そこで初めて遠藤くんに兄弟がいる事を知った。

母さんが菓子折りを差し出して頭を下げた。

「この度はうちの息子が里聖くんに助けて頂いたみたいで、どうもありがとうございました」

「いえ、そんな。ただいつも通り喧嘩していただけですよ」

自分の息子が人助けをしたというのに、遠藤くんのお母さんは全く嬉しそうではなかった。むしろ、早くこちらに帰って欲しいという空気を感じた。玄関まで見送ってくれたお母さんに、もう一度頭を下げ、母さんが「里聖くんにどうぞよろしくお伝えください」と言った。

帰り道、ぽろっと母さんが言った。

「子も子なら親も親ね」

それがどういう意味を指しているのか、中学二年生の香穏でも分かった。そして、遠藤くんの顔を思い出し、複雑な気持ちになった。

＊＊＊

六月の半ば。一週間学校を休んでいたと思ったら、生田は驚くべき姿で登校してきた。顔に刻まれた赤い傷痕に今すぐ何があったのか問いただしたかったが、教室で声をかける事はしないというのが二人の暗黙の了解だったので、昼休みまで我慢した。途中、生徒指導の体育教師に呼ばれたが、苛ついていたのもあっていつもより反抗的な態度を取ってしまった。たまたまやってきた男子生徒のおかげで場は丸く収まったが、里聖はそれどころではなかった。一分一分がとても長く感じられ、時計の針の進みが遅い事に苛ついた。ようやく四時間目が終わった事を知らせるチャイムが鳴り、席を立った。

生田は里聖が何を言いたいのか分かっている様子で、肩を縮めながら里聖の後をおずおずとついてきた。人も少なくなったところで、里聖は生田の腕を掴み足早に屋上へと向かった。生田はいきなり強引に腕を引かれた事に驚いているようだったが、大人しくついてきた。

屋上に着くと、里聖は生田の腕を振り払った。

「何があった」

生田は何も言わない。

「何があったんだよ！」

思わず声を張り上げてしまい、生田は驚いたように肩をビクつかせた。自分でも何故こんなに苛立っているのか分からなかったが、とにかくムシャクシャして仕方なかった。

「いつもと同じだよ」

ようやく声を出した生田は小さな声でそう言った。

「それにしたって度があるだろ。今まであいつら見えない場所にやってたのに顔なんて……」

「気が立ってたんだよ」

「おい、嘘つくな。何かあっただろ。女の顔に傷つけるなんてそんな事……」

「この傷があってもなくても私の顔は変わらないよ」

「……」

生田が何を言いたいのか分かった。だからこそ、何も言えなかった。生田の顔の右側にある特徴的な痣。今まで生田にその痣の理由を聞いた事はなかった。

「私が裏でバッティングセンターって呼ばれてるの知ってるでしょ」

「でもこんなの犯罪じゃねぇか……」

自然と拳を握る力が強くなった。何も出来ない自分が情けなく、そして生田をこんな目に遭わせた奴らが許せなかった。

「何があったか言ってくれ、じゃないとどうする事もできない」

生田はそれでも言おうか言うまいか考える素振りを見せていたが、根負けしたのか重々しく口を開いた。

「逆恨みだよ」

「逆恨み？」

「好きな人に振られたからっていう理由で変に誤解されてこうなった」

「そんなのただの言いがかりじゃねぇか」

「うん」

「誰がやったんだよ」

「それは言えないよ」

「どうして」

「言ったら遠藤くん、その人に何かするでしょ？　遠藤くんまで巻き込みたくない」

図星だった。生田がここでそいつの名前を出したら、俺はそいつを間違いなくぶん殴ってしまう。

「とにかく、もう大丈夫だから。それより、見て欲しいものがあるの」

そう言って生田はいつもの花柄のリュックから水玉模様の風呂敷に包まれたお弁当箱を取り

出した。風呂敷を開いて、生田が弁当箱を開けると、中にはおにぎりやハンバーグ、唐揚げ、ウインナー、ポテトサラダなど色とりどりの美味しそうなメニューが並んでいた。

「メロンパンももう飽きたでしょ？」

「お前が作ったのか？」

「うん。何度も味見したから味は大丈夫だと思う」

里聖はそれでも箸に手を付けられなかった。食べたくないとか、そういうわけではなかった。誰かに作ってもらったお弁当。しかも手作りの。そんなの、生まれて初めての事だった。クラスメイトが毎日食べている普通の手作り弁当が今、目の前にある。ただの弁当なのに、口をつけるのに凄く緊張した。

「本当に味は大丈夫だって。一口でも食べてみてよ」

里聖が味の心配をしていると勘違いしているのか、生田が眉をひそめながら言った。里聖はゆっくりおにぎりに手を伸ばすと、一口頬張った。おかか味だった。何も言わない里聖に、今度は不安になったのか生田が心配そうにこちらを覗き込む。

「不味かった？」

「まぁまぁだな」

「えー頑張ったのに」

美味しかった。本当のことを言えば、今まで食べてきたどのおにぎりよりも美味しかった。

普通のおかかおにぎりだったし、味だって格段に美味いわけじゃないけど、里聖にとってそのおにぎりはとても意味のあるものだった。

「毎日コンビニのご飯じゃ身体によくないでしょ。だからこれからは作れる時は作ろうと思って」

そう言って生田は笑った。生田の顔の傷痕が目に入る。胸がチクチクと痛んで、上手くおにぎりを飲み込めなかった。

「あの……口に合わなかったら無理しなくていいからね」

生田は箸が進んでいない里聖を気遣ってか、申し訳なさそうな顔でそう言った。

「いや、これからも頼む」

生田はまん丸の目を見開いて、言葉を失っていたようだったが、すぐに三日月のように目を細めて笑顔で頷いた。

「うん！」

里聖は空を見上げながら晴れで良かったと思った。今日は一週間降り続いた雨がようやく止んだ日だった。

*

七月。ようやく席替えをしたと思ったら、里聖はあろう事か教卓のど真ん中になってしまった。これじゃ授業中に寝れないじゃないか、と目の前にある担任の顔を睨み付ける。担任はそんな里聖など気にも留めない様子でいつも通り朝のホームルームを進行していた。それよりも里聖は生田と離れてしまった事を残念に思った。授業中、一番後ろの席の人間はプリントを回収するため前まで行くのだが、その時だけ、生田が里聖にプリントを手渡す時だけが、教室内で生田と里聖が関わる唯一の瞬間だった。別に特に会話するわけでも、アイコンタクトのようなものをするわけでもない。ただ、生田は無表情に里聖にプリントを渡すだけだ。里聖も特に何か言うわけではなかった。でも、その唯一の関わりが、里聖は少し楽しみでもあった。

「今月末に中間がある事は分かってるな？　まだ一カ月もあると思って余裕こいてると足元を掬われるぞ！　今からきちんと勉強しておくように」

担任のその一言で、生徒一同の間に憂鬱な空気が広まったのが分かった。

それはそうだ。皆テストなどやりたくないに決まっている。今からやる気になっている奴など、ガリ勉の学級委員長くらいだ。生徒に不満の声が渦巻いているのをそのままに、担任はホームルームを終えた。

「遠藤、ちょっと」

一時間目をサボろうとした事がバレたのだろうか。担任に呼ばれる時はろくな用件ではない。重たい腰を上げ担任の後についていくと、担任は教室の扉の所で立ち止まった。

「遠藤、お前最近ちゃんと学校来てるみたいじゃないか！　どうしたんだいきなり。俺は驚いたよ。雪でも降るんじゃないかってな！」

担任は興奮気味に早口でそう言った。

怒られるわけでは無かったことに安堵しつつ、褒められたら褒められたで面倒臭いな、と思った。

「親御さんもさぞかし安心するだろう。この調子でこれ以上迷惑かけるんじゃないぞ！　話はそれだけだ、もう行っていいぞ」

里聖は確かに一年生の時より変わった。サボる回数も減ったし、授業もちゃんと出ている。でも、それは更生しようと思ったわけでも、親の為でも、教師の為でもなかった。学校は相変わらず退屈だ。週に一度の朝礼の校長の話は長くて足が疲れるし、授業だって面倒臭い。それでもそんな学校に来ているのは生田のおかげだった。家にも学校にも居場所のなかった里聖を受け入れてくれた生田がいるから、今週だって一日も休む事なく登校出来たのだ。

「あ、そうだ。中間もしっかり出るようにな。サボるんじゃないぞ」

担任は去り際、思い出したかのようにそう言うと教室を出て行った。面倒臭い事になった。ちゃんと学校に来たら来たでやる事が沢山ではないか。少し前、生徒指導の体育教師に今まで溜めていた分の課題を二週間の掃除で帳消しにしてやると言われたが、結局、里聖は今までの分の課題を全部やる事にしたのだ。それは、生田の強い勧めからだった。

「勉強は将来役に立つから」

生田は、頭が良かった。だから屋上で生田の作った弁当を食べながら、合間を縫って生田に教えてもらった。里聖がちゃんと課題を提出している事を知ると、生徒指導の体育教師は二週間の掃除を免除してくれた。それも、生田のおかげだ。

里聖の変わりように、里聖をよく知る教師達は皆驚いたようで、廊下ですれ違う度に声をかけられた。自分が教師に褒められる事など無いと思っていたが、まさかそんな日が来るとは。褒められる事には慣れていなかったから何だかむず痒かったけど、悪い気はしなかった。


久しぶりに早く家に帰ると、家には春彦だけだった。

「お前野球は？」

「今日は休み」

「ふーん」

父と母が居ないのは別段不思議では無いが、光輝まで居ない事に違和感を覚えた。今日はピアノ教室の日では無いはずだ。

「光輝は？」

「光輝兄ちゃんは……」

光輝の名前を出すと、春彦が明らかに動揺した姿を見せた。

「光輝兄ちゃんは……えっと……友達のところに行くって」

春彦が嘘をついていることは一目瞭然だった。友達と遊んでいるとしても、もう時刻は七時前だ。里聖にとってはこの時間外にいてもなんら問題はないが、真面目な光輝がこんな遅くまで外にいるとは考えにくい。

「それにしてもこんな時間まで帰ってこないなんて変だろ。もしかしたら誘拐でもされてるのかもしれないな。もしそうだったら警察に言わないと」

「えっ！　警察って……」

春彦は警察と聞くと目を丸くして明らかに怯え始めた。

「け、警察はだめだよ！　光輝兄ちゃんは無事だから大丈夫」

「どうしてそう言い切れるんだ？」

「えっと……」

春彦は何かを言おうか言うまいか悩んでいる様子だった。何か里聖に言いにくいことでもあるのだろうか。

「春彦、今度お菓子買ってやるよ」

「えっ！　ほんと!?」

——ついに小学二年生を物で釣るか。

自分の腹黒さに苦笑しそうになったが、本当の事を聞き出す為だ。時にはこういう手段も必要だろう。

「お父さんとお母さんには内緒にしてね……」

そう言うと春彦は声を潜めて話し始めた。

「実は今度光輝兄ちゃんが県のコンクールに出るんだ。その為にお父さんとお母さんが一緒に衣装を選びに行ってる」

「そんな事か」

何か特別な事情があるのかと思ったが、そんな些細な事だったとは。でも、何故春彦はその事を自分に隠すのだろう。

「なんでそれを俺に隠す？」

「えっと……それは……」

今度は春彦は目をキョロキョロと動かして手足もモジモジさせている。

「春彦、怒らないから言ってみろ」

「里聖兄ちゃんが……」

「俺が？」

「里聖兄ちゃんがコンクールに来ないようにって……お父さんとお母さんが……」

頭が急速に冷めていくのを感じた。そして、足元の地面がアニメみたいにパッカーンと開いて落ちていくような感覚。

「あっ、あの……ごめんね里聖兄ちゃん……この事は黙っておけって言われたのに……ごめん……」

「お前が謝る事じゃない」

「待って！　どこ行くの？」

「ちょっと外の空気吸ってくるだけだ。心配するな。ちゃんと帰る」

「分かった。行ってらっしゃい」

玄関から外に出ると、春より少しだけ暖かくなった風が里聖の髪を撫でていった。部活帰りの中高生の集団を逆行しながらただ歩いた。教師に褒められて浮かれていたのが馬鹿みたいだ。両親は何も変わっていない。里聖が学校に通うようになっても、両親が依然里聖を邪魔者として扱う事には変わりはないのだ。両親は体裁を気にしている。問題児であり、近所でも有名な俺にはコンクール会場に来て欲しくないという事だろう。

　コンビニの駐車場に座り込みながら、地面をぼーっと見つめた。隣から五十メートル先にも聞こえそうなくらいの女の笑い声が聞こえ、里聖は眉間にしわを寄せた。先程から、里聖の数メートル先には五、六人程の集団が騒がしくたむろしていて、鬱陶しかった。見たところ同じ制服だったから同じ学校の生徒だと分かったが、顔は見た事が無かった。どこかに行ってくれないか、それか他の場所に移ろうか。そんな事を考えている時、その集団の中から知っている名前が聞こえた。

「そういえば生田ってどうなったの？」

「学校来てるらしいよ」

「えっ、あの顔で？」

「ヤバいよね、まじウケる。でもざまぁみろって感じ」

「そうそう。美香を馬鹿にするのが悪いのよ」

冷えていた頭が急速に熱くなるのを感じた。里聖はゆっくり腰をあげ、その集団に近付いて行った。それまでおしゃべりに夢中のようだった奴らは、里聖の姿に気付いて訝しげな顔をした。

「なに？　私達になんか用？」

グループのリーダーと思われる女が腕を組みながら里聖を睨んだ。

「さっきの話、詳しく聞かせてくれよ」

「さっきの話？」

「お前らが散々盛り上がってた話だよ」

「あぁ、生田の事？」

生田の名前を出すと、その女は攻撃的な視線を少し緩め、しかし口調だけは刺々しいままで話し始めた。

「同じ学校ならあんたも知ってるでしょ？　生田がどれだけウザくて目障りな奴かって。だからちょっと罰を与えてやったのよ。そしたらあいつ惨めに泣きながらごめんなさいって言ってきて……ほんと気分良かった～あんなスッキリしたのは久しぶり」

身体中がマグマみたいに煮え滾っていた。身体が里聖の熱に耐えられなくて、行き場を失った熱はもう里聖自身では制御できなかった。パンッという音が辺りに響く。何が起こったのか里聖にも分からなかった。多分その場にいた全員が何が起こったか理解できなかったはずだ。ただ、その女の取り巻き達が鳩が豆鉄砲を喰らったような顔をしていて、目の前の女が頬を押さえていた。一瞬静まり返ったその場は、次の瞬間スイッチを切り替えたみたいにけたたましくなった。

「お前何すんだよ！」

その女が怒鳴ったのを合図とするように、取り巻きの一人だった男が里聖の胸ぐらを掴んで後ろの壁に押さえつけた。

「美香！　コイツ遠藤だよ！　遠藤里聖！」

「はぁ？　遠藤ってあの不良の？」

「そう！　どこかで見た事あると思ったら……」

「ふーん。そういう事ね」

美香と呼ばれた女はニヤリと口元を曲げると、右手を上げ、里聖を壁に押さえつけている男を制した。女は腕を組んだまま里聖の前までやってくる。女のキツい香水の匂いが充満して鼻がひん曲がりそうだった。

「あんた、生田の事好きなの？」

里聖は何も答えず、ただ目の前の女を睨んだ。

「えっ、まじで？　どんだけ趣味悪いんだよ」

「あり得ないでしょ！」

ギャハハと取り巻き達が笑う。

「生田どんだけ性格悪いか知ってる？

先生に特別扱いされてるのだってきっと色目使ったのよあの女」

忌々しげに目の前の女が舌打ちをした。

「大体あんな汚い顔で学校来るんじゃねえっつーの。目障りなんだよ」

「汚いのはお前だろ」

「は？」

「どうせ複数でやったんだろ。一人じゃ何も出来ないみたいだからな」

「何様だよてめえ！」

「嫉妬に狂って女一人にあそこまでするんだ。そりゃ振られるわけだよなぁ」

「お、お前……どこまで知って……」

「まぁそいつはお前を振って正解だな。今のお前、誰よりも醜い顔してるぜ」

「っ……！」

「女だった事に感謝するんだな。お前が男だったらボコボコにぶちのめしてたところだ」

里聖はそれだけ言うと悔しそうな顔をしている女を置いてその場を後にした。

あの女、馬鹿だとは思ったけれど、利口なところもあるようだ。里聖に喧嘩を挑むような真似はしなかった。里聖には力では勝てないと分かっていたからだ。こういう時、無駄に知れ渡った名前も役に立つもんだ、と思った。それでも、一度煮え滾った熱はなかなか消えなかった。身体中から溢れた熱をどこかにぶつけたくて、里聖はコンクリートの壁を思い切り殴った。

「兄さん」

朝、学校へ行こうとすると光輝に呼び止められた。

「来週の日曜日、空けておいてね」

「は？　なんで」

「県のコンクールがあるんだ。兄さんにも見に来て欲しくて」

「俺が行ったら父さんと母さんが怒るだろ」

「だったら内緒で来ればいいだけだよ」

「お前なぁ……」

光輝は平気な顔で紙を一枚取り出すと、里聖に手渡した。ピアノコンクールのチケットだった。

「じゃ、そういう事だから」

そう言ってリビングに戻って行く光輝とチケットを見比べる。父さんと母さんにバレたらまず間違いなく嫌な顔をされるだろう。しかし、光輝の頼みも聞いてやりたかった。今まで、光輝のピアノの発表会やコンクールを見に行ったことは一度もない。光輝も里聖に見に来てくれと頼む事も今まで無かった。でも、今回頼んで来たということは、よっぽど見てもらいたいのだろう。

――これは一苦労しそうだ。

と里聖は眉を上げた。

*

当日、会場に着くと度肝を抜かれた。

「おいおい……」

県大会のピアノコンクールは予想を遥かに上回っていた。小さなホールでやるのだろうと思っていたが、とんでもない勘違いだった。仰々しい大きな建物に、軽く見積もっても五百人は入りそうだ。

入り口に大きく「〇〇県　ピアノコンクール　中学生部門」と書かれている。

周りには綺麗な洋服を着た人達ばかりで、ここに自分がいるのが場違いな気がした。これだけ広いのだから変装などしなくても両親にはバレる事はないだろう。百円ショップで買った伊達眼鏡が無駄になったな、と思い、いつの間にかすっかり立派になった弟を誇りに思った。県大会という事は、ここで優勝したら全国大会に行くということだろう。

光輝が見に来て欲しいと頼むのも納得がいった。

会場へ入ると、既にコンクールは始まっていた。これだけ大きいというのに、会場は人で満員だった。里聖は忍び足で後ろの方にそっと立った。パンフレットによれば、光輝の出番は次の次だ。今演奏している綺麗なドレスに身を包んだ女の子も、里聖と同年代の中学生なのだろうか。とても中学生とは思えない程のピアノの腕前に光輝は大丈夫なのだろうか、と気を揉んだ。こんな強者が集まった中に光輝が入り込める隙はあるのだろうか。女の子が弾き終わり、会場を拍手が包む。女の子は緊張から解き放たれたのか、清々しい顔をしてステージ上を後にした。光輝がピアノを始めたのは幼稚園の頃だった。初めは里聖が習っていたピアノを、自分もやりたいと言って同じピアノ教室に通い始めたのだ。光輝は驚くほどめきめきと才能を発揮した。先に習っていたのは里聖の方なのに、二カ月と経たず追い抜かれてしまった。光輝が小学生になる頃には、もう里聖など、足元にも及ばなかった。光輝が初めてのコンクールに出た年、里聖はピアノ教室を辞めた。

光輝は、自分が出来なかった事を今まさに成し遂げようとしている——。

誇りに思った。でも、同時に胸に小さな棘が刺さったみたいな、チクチクとした痛みを感じた。しかし、大きな拍手が里聖を現実に引き戻した。顔を上げると、ステージ上には次の演奏者が出てきていた。男の子だ。白いシャツに黒いズボンを着ている。その演奏者がステージの真ん中まで来て頭を下げ、顔を上げた瞬間、何か引っ掛かりを感じた。しかしその引っ掛かりが何かは分からなかった。

男の子がピアノの鍵盤の上に手を滑らせる。と、同時にぴんと糸が張り詰めたかのような緊張感が会場を覆う。里聖も思わず息を止めた。ふっと軽く息を吐いて彼が弾き始める。彼が弾き始めた瞬間、緊張の糸が解け、強張っていた空気が緩んだのが分かった。しかし、その一瞬の隙を与える暇なく彼は観客を翻弄した。

彼の紡ぎ出す音色は、まるで天女の弾く楽器のようだった。先程の女の子とはまるで比べ物にならない。弾く人が違うだけでこんなに変わるものなのか。同じピアノとは思えない。里聖も、彼の音色に翻弄された。彼は、音遊びをするみたいに軽快に指を動かした。クラシックに疎い里聖でも、この曲がとても美しい事は分かった。彼がピアノから手を離し、膝に置く。

——まだ聴いていたかった。

里聖だけではなく、その場にいた観客全員がそう思ったであろう。

会場を割れんばかりの拍手が包んだ。優勝はこの子かもしれない。一瞬光輝の事を忘れかける程、彼の演奏は素晴らしかった。彼が椅子から下りて、ステージの真ん中でお辞儀をする。

顔を上げた瞬間、やっぱり何かが引っ掛かった。どこかで会った事があるような気がしたのだ。

右手に持っていたパンフレットを開いて、演奏者の名前を一人ひとり辿っていく。今の彼は、光輝の一つ前のはずだ。

遠藤光輝、その前の演奏者の名前を見れば、彼が誰だか分かる。

「八番　青山香穏　ラヴェル『亡き王女のためのパヴァーヌ』」

青山？　どこかで聞いたことのある名前だ。青山……青山……。

そこで里聖はようやく思い出した。

──あいつか！

以前、コンビニの前で不良に絡まれていたのを助けてやった事がある。確か親が医者とかで、金持ちだったはずだ。

──あいつ、同じクラスの奴じゃないか──。

まさかこんな所で会う事になるとは思わなかった。しかし、そんな驚きに浸っている暇もなかった。次の出番は光輝だ。

「九番　遠藤光輝　ドビュッシー『アラベスク第一番』」

アナウンスが光輝の名を告げる。すると、舞台の左側からいつもより綺麗な服を着た光輝が出てきた。光輝は、緊張している様子だった。

——がんばれ。

心の中でそう声を掛け、拍手を送る。

椅子に座った光輝がピアノを撫でるように触り、鍵盤の上に手を置いた。

この、演奏者が椅子に座ってから弾く前の瞬間が一番緊張する。今、この光景を父と母、そして春彦もどこかで見ているのだろう。光輝が深くゆっくりと息を吐き、そして短く息を吸ったかと思うと鍵盤をポロンと叩いた。滑り落ちるかのようになめらかで綺麗な音。この曲はどこかで耳にした事があった。音色を聴いていると、里聖の頭の中に自然と光景が浮かんできた。妖精が水辺で水遊びをしている光景だ。里聖は目を瞑り、しばしその光景を楽しんだ。光輝の紡ぐ音色は不思議だ。自然と情景が浮かんでくるのだ。そこに浮かぶ香りや、温度なんかも伝わってくるようだった。光輝が幼稚園の頃からピアノを頑張っていたのは、誰よりも自分がよく知っている。初めてのコンクールで緊張して泣いていた光輝が、今ではこんな大きな舞台で堂々とピアノを弾いている。

知らないうちに成長したものだ——。

気が付くと演奏はもう終わっていた。里聖は観客に交じってめいいっぱい拍手をした。光輝はとても満足そうな顔をしていた。親にバレるとまずい。今のうちにここを出なければ。名残惜しかったが、里聖はホールから外に出た。ロビーに出ると、重苦しい会場の空気から解放され、肩の荷が下りたようだった。自分が出るわけでもないのに、手に汗をびっしょりかいていて、苦笑した。

「遠藤くん？」

突然名前を呼ばれ、声のする方を見るとそこに居た人物に里聖は思わず大声をあげてしまった。

「生田⁉」

声を掛けてきたのは生田だった。

「お前……どうしてここに……」

「友達が出るっていうから見に来たの。それより……何その格好？」

生田は訝しげに里聖の顔を見た。

「あ、あぁこれはなんでもない。なんでもないんだ」

里聖は百円ショップで買った安物の伊達眼鏡を外し、ポケットに押し込んだ。

「ここじゃあれだし、どこか椅子に座ろうよ」

「ん、あ、あぁ。そうだな」

生田は、いつも学校で見る制服ではなく、私服だった。初めて見る生田の私服になんだか慣れないような変な気持ちになった。今日は前髪をピンで留めているせいか、いつもより大人っぽく見えた。

二階にある休憩コーナーのような場所の椅子に二人で腰掛ける。生田はちょっと待ってて、と言うと近くにあった自販機で炭酸飲料を二本買い、一本を里聖に手渡した。

「コンクールって言うだけあってなんか緊張するね。喉カラカラだよ」

そう言って生田が隣で缶の蓋を開けた。プシュッという炭酸の抜ける音がする。

ごくごくと音を立てながら豪快に飲む生田を横目に、里聖は手渡された缶を手の内で転がした。

「遠藤くんも飲みなよ」

「ん、あ、あぁ」

そこで、里聖もようやく同じように缶の蓋を開けて飲んだ。半分くらい飲んでから、思ったより喉が乾いていた事に気付いた。

「それで、どうして遠藤くんがここに？」

「弟が出てるんだ」

「もしかして、『アラベスク』弾いてた子？」

「確かそんなような曲名だった気がする。光輝って言うんだ。九番目の子」

「へぇ～！　あの子、遠藤くんの弟さんだったんだ！　凄いね！　あんなにピアノ上手いなんて！」

生田は身を乗り出しながらそう言った。

「あいつは幼稚園の時からピアノ習ってるからな」

「『アラベスク』第一番は有名だから色んな人が弾いてるけど、あんなに上手く弾く子は見た事ないよ」

「そうなのか？」

「うん。ドビュッシーの中でも有名な曲だから映画とかにも使われてるけど、だからこそもう形が出来上がっちゃってるっていうか、みんなお手本通りに弾こうとするから単調になっちゃうの。でも弟さんは自分のものにしてた」

「そういうのってどこで分かるんだ？」

「うーん……」

生田は暫し悩んだような顔をした後、はっと名案を思いついたような顔をして左手を胸に置いた。

「ここ」

「胸？」

「まぁ半分正解だけど半分違うかも」

「じゃあなんだよ」

「心」

「こころ？」

「そう、こころ」

そう言って生田は得意げに笑った。

「お前クラシック好きなのか？」

「お母さんが好きだったらしいの」

生田は遠くを見つめながらそう言った。

生田の口から母親の事を聞くのは初めてだった。しかし、里聖は生田の言った言葉に引っかかりを覚えた。「らしい」とは一体どういう事だろう。

「じゃああの曲も知ってるのか？　光輝の前の奴が弾いてた曲」

里聖は今までクラシックなど聴いた事がなかったが、何故だかクラスメイトの青山が弾いたあの曲が頭から離れなかった。パンフレットには『亡き王女のためのパヴァーヌ』と書いてあったが、初めて聴いた曲だった。

「知ってるよ」

「あの曲はどんな曲なんだ？」

「あの曲は……」

生田の声が急に暗くなった。里聖は何も言わずに生田の次の言葉を待った。

「パヴァーヌっていうのはね、ヨーロッパの宮廷で十六世紀頃流行った舞踏の事なの」

「じゃあ誰か特定の王女が死んだわけじゃないのか？」

「うん。でも……」

生田は飲み終わった炭酸飲料の缶の蓋を弄りながら、遠くを見つめるような目をした。

「あの曲を作った人はね、とても悲しい人なの」

「悲しい？」

「ラヴェルは記憶障害や言語障害に悩んでいたの。曲を書きたくても文字にする事が出来なかったり、日常生活にも支障が出るようになった。記憶障害が酷くなったある日、ラヴェルは街中であの曲を聴いてこう言ったの。『なんて美しい曲なんだ。一体誰が書いたんだろう』って」

「あの曲って、『亡き王女のためのパヴァーヌ』？」

「そう。本当に悲しいよね。自分の作った曲を忘れてしまうなんて」

記憶障害とは、一体どのようなものなのだろう。自分の事や、家族の事、ましてや自分が作った曲まで忘れてしまうなんて、それは凄く恐ろしい事のように思った。

「遠藤くん、表彰式見て行くでしょ？」

しかし次の瞬間には生田はいつも通りの調子に戻っていた。

「表彰式？」

「うん。全員が弾き終わってしばらくしたら下に受賞者の名前が貼り出されるの」

「そうなのか？」

「優勝すれば本選に行けるから、皆必死なんだよ」

「なるほど……」

「弟さんも出てるんだから見に行くでしょ？」

「いや……俺は……」

「見に行かないの？」

生田は、さも不満を言いたそうな顔で里聖を見る。

「いや……あー分かった行くよ。見に行く」

里聖がそう言うと生田は満足そうに立ち上がった。

「じゃあ残りの演奏も聴いていこう！」

「はあ？　俺はここにいるよ。もう弟のは聴いたし」

「何言ってるの。せっかく上手い演奏が聴けるのにもったいないじゃない」

そう言って生田は無理やり里聖の腕を掴むと引っ張って歩き出した。

「おい、ちょっと……」

生田に引きずられながら、またあの重苦しいホールに戻るのかと思うと気が重くなった。

＊

午後八時。ロビーは人でごった返していた。コンクールの結果発表に里聖は生まれて初めて立ち会ったのだが、まさかこんな空気だとは思ってもいなかった。ステージで演奏していた者達が、皆一様に自分の優勝を信じて待っている。出場者だけではない。その家族と思われる人までもが固唾を飲んで担当者が来るのを待っている。その緊張がこちらにまで伝わってきて、里聖までドキドキしてきた。光輝は、一体何位だったのだろうか。生田から、優勝以外は本選には行けないと聞いた。つまり一位でなくてはならないという事だ。

どうか、光輝が優勝していますように——。

胸の中で神に祈った。やがて、二階から紙を手にした恐らく審査員と思われる人物が降りて来た。それまでザワついていたロビーがしんと静かになる。

審査員が慎重に紙を貼り出していく。

里聖の位置からでは人の頭が邪魔でよく見えなかった。親にバレると困るので、里聖は後ろの隅の方にいたのだ。

光輝——。光輝の名前は——。

背伸びをして何とか見ようとしていると、一部からわっと歓声が上がった。

そちらを見ると、一人の女の子が周りに祝われている様子が見えた。

あの子が優勝か——。

光輝が優勝ではなかった事を残念に思ったが、それよりも家に帰ったらなんて光輝に声をかけようか迷った。

この日の為に光輝は血の滲むような努力をしてきたはずだ。

せめて入賞さえしてくれていれば――。

そう思って下を向いていると、肩を叩かれた。見ると、隣で生田が満面の笑みで貼り出された紙を指差していた。

一体なんなんだ――。

そう思って里聖は目を細めて紙を見た。するとそこには「二位　遠藤光輝」と書かれている文字が見えた。

はっと生田の方を見ると、生田はうんうんと大きく頷いている。

「おめでとう。光輝くん、入賞だよ！」

「本当か？」

「本当だよ。あそこにちゃんと書いてあるじゃない」

「でも優勝じゃなかった」

「二位でも凄い事だよ。このコンクールは偉い人も見に来てる。光輝くんの名前はきっと覚えてくれたはずだよ。来年頑張ればチャンスはあるよ」

光輝が入賞していた事が嬉しくて、今すぐ飛び出して光輝に声をかけてやりたい気持ちでいっぱいになった。しかし、今出ていけば光輝に迷惑がかかる事になる。必死の思いでその衝動を抑え、生田に短く別れを告げると足早に会場を後にした。

――よくやったぞ、光輝。

今まで、自分より才能のある光輝に嫉妬した事がないと言えば嘘になる。自分より頭も良くて、秀でている光輝を可愛がっている両親を見ると胸がモヤモヤした。しかし、今はそんな事は全て忘れていた。ただ、光輝が入賞した事が嬉しく、里聖は鼻歌を歌いながら帰路へとついた。

中間テストの結果はいまいちだった。

いくら生田に教えてもらっていたとはいえ、一年生の時からまともに授業など受けていないのだから、良い点が取れるはずもなかった。この学校ではテストの結果を名前に点数を添えて掲示板に貼り出していた。一年生は一階の掲示板に、二年生は二階の掲示板に、三年生は三階の掲示板に、それぞれ学年ごとに貼り出されるので、自分が今学年で何番目なのかが分かるのだ。およそ百十人近くいる二年生の中で、里聖は八十番台だった。ほぼまともに授業を受けていないのにこの順位を取れたのはむしろ快挙だと担任には言われたが、素直に喜んで良いものかどうか悩んだ。生田はなんと十四位だった。しかし本人はその順位に大して喜んでいる素振りを見せなかった。そもそも、里聖が教えてやるまで自分が十四位である事も知らなかったらしい。この前のコンクールの発表では里聖に負けないくらい緊張していたというのに、自分の成績の事となるとまるで興味がないようだった。この前のコンクールの結果発表で、生田は里聖が心配になる程緊張していた。ずっとソワソワしていたし、終始落ち着きがなかった。その場を行ったり来たりしては、時折手を組んで祈っているような素振りも見せた。何故そこまでするのか分からなかったが、偶然ロビーで会った時、友達が出ているから見に来た、と言っていたのを思い出した。その友達の優勝を祈っての事だろう。しかし、生田の友達も優勝を逃したようだ。一位が分かった時の生田のとても残念そうな顔からして、友達はあの喜んでいた女の子ではないだろう。

生田の顔の傷は大分良くなっていた。もうほぼ傷があるとは分からないくらいだ。しかし、顔の痣は依然として残っていた。終業式。担任が夏休みの注意事項について話しているのを、里聖は上の空で聞いていた。

「いいか、夏休みだからって浮かれるんじゃないぞ。ハメを外して怪我をしないようにな」

季節はもう夏だった。梅雨が明けた途端、誰かがスイッチを入れたみたいに晴れの日ばかりが続き、気温は嘘みたいに上昇した。クーラー機器もなく、相変わらず扇風機一台という環境の悪さには反吐が出そうだったが、担任の顔をしばらく見なくて済む事に免じて許してやろうと思った。皆、明日から夏休みという事実に浮き足立っている。しかし里聖は決して良い気分とは言えなかった。夏休みが始まるという事は、学校が無いという事だ。過去の里聖ならそれは喜ぶべき事だったが、今は違った。学校が無いという事は生田に会えないという事だ。

「それでは解散！　みんな良い夏休みをな！」

そう言って担任が終業式を終えるのを、里聖は憂鬱な気持ちで見ていた。

＊＊＊

その夜は雨だった。CDプレーヤーから流れる音楽と、窓の外から聞こえる雨音が見事に調和していた。いきなり電話がかかって来たのは午後九時を少し回ったところだった。明里はお風呂から出て、ちょうど夏休みの課題に取り掛かっていたところだった。

一体こんな夜遅くに誰だろう。怪訝に思いながらベッドの上に放り出していた携帯を手にする。そこに表示されていた名前に明里は息を呑んだ。素早く応答ボタンを押し、耳に押し当てる。そこから聞こえてきた声に明里はいてもたってもいられなくて、課題を放り出して家を飛び出た。

「一体こんな時間にどこに行くんだい」

という祖母に友達のところに忘れ物をしたと嘘をついた。傘を持ってくる事を忘れるほど明里は焦っていた。身体や顔に容赦なく叩きつけられる雨が、洋服をびっしょり濡らして寒い。しかし、そんな事はどうでも良かった。一刻も早く彼の元へ向かわなければ。明里は全速力で夜の街を駆けた。

*

言われた通りの場所に着くと、彼はいた。夜の河川敷に彼がいる事自体が既におかしい。昼間は犬の散歩をしている人やランニングをしている人で賑わっているこの場所も、今は嘘みたいに静かだった。彼は膝をついて下を向いていた。傘をささなかったのか、彼は全身びしょ濡れだった。明里は彼に声をかけようと、近付いた。その時、何かとてつもない違和感を覚えた。彼の少し手前、草の茂みに隠れてよく見えなかったが、人間の足と思われるものが見えた。

おかしい。何かがおかしい。

明里の本能がそう警告していた。電話口の彼の悲痛な声を思い出し、明里は生唾を飲み込んだ。意を決して彼に声を掛ける。

「香穏」

「……明里……」

電話の相手、香穏はそこでようやく明里が来た事に気付いたのか、はっと顔を上げた。その顔は恐怖で怯え切っていた。

「何があったの」

「僕……ちがうんだ……！　僕は……」

「落ち着いて」

香穏は酷く取り乱していた。混乱して、何から話したら良いのか分からない様子だった。まずは香穏を落ち着かせる事が先決だと考え、明里は香穏のそばに近寄った。途中、チラリと茂みに隠れた先程の足が目に入ったが、今は見なかった事にしようと思った。香穏の背中をさする。その背中は雨を一身に受けたせいで冷たかった。香穏は、それでもまだ自我を喪失しているようだった。明里はゆっくりと横に目をやった。後ろの茂みにあるであろうそれが何か、香穏のこの様子からして大体予想はついたが、それを認めたくないという気持ちがあった。香穏の背中から手を離し、ゆっくりと立ち上がって、茂みに近付く。雨なのか汗なのか分からないものが、明里の額を流れ落ちていった。一歩一歩近付いて行くと、暗闇のせいでよく見えなかったそれがはっきり見えてくる。先程は分からなかったが、ピンクのスニーカーを履いているのが分かった。そして、やけに足が小さい事にも気付いた。小学生くらいの足のサイズに見える。茂みと明里の距離までおよそ一メートル。明里は大きく深呼吸すると、恐る恐る草を掻き分けた。

それは明らかに異様な光景だった。人が倒れている。小学生くらいの女の子だ。よく見ると近くに赤いランドセルまで落ちている。ランドセルから飛び出た教科書が辺りに散乱していた。

女の子は目を閉じていた。しかし、眠っているにしては何かがおかしい。こんなに肌が青白いのは一体何故なのだ。

嫌な予感がするのをひたすら押し込めながら、女の子をよく観察した。すると、女の子の頭上付近の石だけ、周りと色が違っていた。何かが石に付着している。

明里の頭の中に浮かんだのは、最悪な想像だった。そして、その想像は当たってしまった。

予想していた事とはいえ、いざ目の前に死体があると思うと手が震えた。

どすっとその場に尻餅をついた明里が次に頭に浮かんだのは、香穏に事情を聞かねばならないという事だった。香穏は依然として膝をついて下を向いていた。

「香穏」

香穏は震えるだけで何も答えない。

明里はしゃがみ込んで香穏の顔を覗き込んだ。

「何があったか、話してみて」

「僕……」

「大丈夫、私は香穏の味方だから」

そう言うと、香穏は安心したような顔をして、ポツポツと話し始めた。

「この子が人を呼ぼうとしたから思わず突き飛ばしちゃって……そしたら動かなくなっちゃったんだ……」

「どういう事？　なんでこの子と二人でこんな場所にいたの？」

「僕がお菓子あげるって言って誘い出したんだ……」

香穏の言う事は全く意味不明で、明里は理解できなかった。一体何故香穏は小学生の女の子をお菓子で釣ってこんな場所に誘い出したと言うのか。

「明里……僕……こんな……殺す気じゃなかったんだ……本当なんだ！」

香穏は涙を流していて、綺麗な顔の香穏が泣いているところは美しいな、なんて呑気な事を考えた。

「明里……僕どうしたらいいの……警察に捕まるの……？」

「そんな事はさせない。大丈夫。私が守る」

力強くそう言うと、香穏は救いを求める目で明里を見た。

「大丈夫。私を信じて」

香穏の目からポロポロと涙が落ちる。しかしそれは頭上から降る雨と混ざってすぐに消えた。

香穏を強く抱きしめながら、明里は何があっても香穏を守らなければいけないと決意した。

*

彼はその光景が信じられないようで、驚きと戸惑いを隠す事なく、明里に詰め寄った。

「どういうことだよ、なんなんだよこれ！」

「私も分からない。とにかく今は言われた通りにして」

「はあ？　なんで女の子が倒れてる。まさか死んでるのか？」

「いいから」

「おい説明しろよ生田。大体なんでお前とあいつが……青山が一緒にいるんだ」

彼の視線の先には、うずくまっている香穏がいた。

「とにかく、警察が来る前にこの死体をなんとかしなきゃいけないの」

「死体って……」

「言われたものは持ってきた？」

「あ、あぁ。持ってきた」

「じゃあその子の血のついた石を袋に詰めて誰にも見つからない場所に埋めてきて」

「なんでそんな事しなきゃいけないんだよ！　それより早く警察に……」

「警察はだめ。この子はもう死んでる」

「はあ？　だから警察に行くんだろ！」

「殺したのは香穏なの」

そう言うと、彼は目を見開いた。明里の言った言葉が信じられないようだった。

無理もない。いきなり夜中に呼び出されたかと思ったら、殺人の告白をされたのだから。

「お願い。遠藤くんにしか頼めないの」

彼はそれでもまだ渋っていたようだったが、一つ大きく息を吐くと明里の頼みを了承した。

「分かった。後で詳しく説明してもらうからな」

「ありがとう」

「それよりあいつは？　どうするんだよ」

彼はうずくまっている香穏を見ながら顎でしゃくった。

「香穏は私がなんとかする。だからとりあえず石を」

「分かった」

彼はまだ何か言いたそうだったけれど、言われた通り持ってきた軍手で石をゴミ袋に詰め込み始めた。携帯を見れば、時刻は十時になろうとしていた。

時間がない。香穏の話が本当なら、警察は今頃この子を捜しているはずだ。この場所が見つかるのもそう時間はかからないはずだ。とりあえず今は放心状態の香穏をどうにかしなければ。

「香穏」

「……」

「親に怪しまれる。もう家に帰って」

「あの子は何？」

「あの子って？」

「どうして遠藤くんがここにいるの？」

「私が呼んだ。彼は信頼できるから大丈夫」

「そう……」

香穏はまだ我を忘れているようで、川を見つめながらぼんやりと答えた。

「香穏。いい？　今日ここであった事は全て忘れて。なかった事にするの。貴方は今日友達と遊んでいて遅くなった。ただそれだけ」

「……分かった」

香穏はそう言うとようやく立ち上がった。

「生田」

振り返ると石をゴミ袋に詰めた彼が後ろに立っていた。

「遠藤くん、香穏も、もう一回よく聞いて。今日の夜ここで起こった事は三人だけの秘密にするの。いい？」

二人ともゆっくり頷いた。明里は二人の顔を見て、それに応えるように大きく頷いた。

＊＊＊

海から帰ると、祖母はもう起きていた。

朝食を作る為、明里はキッチンに立った。春から始めた料理も、今では大分板についてきたところだ。始めた当初は慣れない包丁に切り傷が絶えなかったが、今ではキャベツの千切りにもそう時間はかからない。グリルの上に載った鮭二枚をひっくり返すと、ちょうど良い感じに焼けているところだった。

「怖いねぇ〜。ここうちの近所じゃないか」

祖母は朝のテレビのニュース番組を観ているようだった。

「明里ちゃんも気を付けるんだよ。悪い人に襲われないようにね」

「嫌だなぁ、おばあちゃん。私は襲われないよ」

「何言ってるの！　まだ犯人は見つかってないんだよ。下手に外に出たら何されるか……」

「どうしたの？　一体何事？」

「双葉川は知ってるだろ？　あそこに、昨日女の子の死体が捨てられてたらしいんだよ。どうにも襲われたんじゃないかってねぇ……朝からパトカーがたくさん来てたから音がうるさくて起きたくらいさ」

「そうなんだ」

明里はテレビを観る事なくキャベツを刻んだ。

「これじゃあ今年の夏祭りは中止かねぇ……」

祖母は残念そうな声でそう言った。毎年この街には大きな夏祭りがある。花火も数千発打ち上がり、屋台もたくさん出るくらいの大きな夏祭りだ。

「もうおばあちゃん。その腰で盆踊りに出ようとか考えてたら怒るからね」

口を尖らせながら明里は鮭をひっくり返した。

*

双葉川の近くに行くと、そこは規制テープが張られていて一般人は中に入れないようになっていた。その前を、何事かと野次馬がぞろぞろ集まっている。パトカーも何台か停まっていて、警察官があちこちを忙しなく動き回っていた。ふと横を見ると、報道陣と思わしき集団がカメラを回しながらアナウンサーと共に後ろの河川敷を映している。

「えーここが、昨日被害者の結愛ちゃんが発見された場所です。結愛ちゃんはこちらの河川敷で……」

その様子を明里は遠巻きに見つめた。

昨日の雨が嘘みたいに空は晴れていた。

と、突然腕を掴まれ強引に引っ張られる。人気のない場所まで行くと、彼は腕を離した。

「どうなってる」

「何が？」

「何がじゃない。昨日の件だ！　警察がうじゃうじゃ来てるじゃないか。隣町の奴らまで見に来てたぞ」

「言ったでしょ。この件は三人の秘密にするって」

「そうだけど、分からない事が沢山あって頭がパンクしそうなんだ！　あーもう！」

そう言って、彼、遠藤里聖は頭をかいた。

「まずあいつだ、青山。どうしてあいつが殺人なんかするんだ」

「殺人じゃない。あれは事故だった」

「どういう事だよ」

「詳しくは私も分からない。でも私が行った時にはあの子はもう倒れてて、息はなかった」

「じゃあランドセルは？　なんであんな場所で見つかったんだ。横に落ちてたはずだろ！」

「私が捨てた」

「なんで」

「河川敷にあったら犯行現場があそこだってバレちゃうでしょ」

「じゃあ遺体だ。どうして遺体が川の中で発見されるんだよ！」

「犯人が別の場所で殺して、その後川の中に捨てたって警察に思わせる為だよ」

「でも頭の傷は残ってる。水死とは判断されないだろ」

「そう。狙いは水死じゃない。あの子は小学生の割に身体が大きかった。犯人が、その死体を運んで来れるくらい力のある人間だって事を思わせる為」

彼は明里がそう言うと押し黙った。明里の突きつけた事実を受け止めきれないようだった。

しかし、今度は何かを決意したような顔をして明里に尋ねた。

「お前はなんであいつの為にそこまでするんだ」

今度は明里が黙る番だった。本当ならこの件は自分だけで処理したかった。しかし、あの状況では、彼を呼ぶしかなかったのだ。ただでさえ時間がなく、証拠品を別の場所に捨てに行かなければならなかったが、香穏はショックのあまり放心状態で、あのまま被害者と香穏を二人きりにするのは危険だった。彼には巻き込むような形になってしまい、本当に申し訳ないと思っている。黙ったままの明里に、彼は理由を聞く事を諦めたのか、強張らせていた肩を下げた。

「お前にも話せない事情がある事は分かった。なんで青山とお前が繋がってるのかも聞かない」

「ありがとう」

彼の優しさに、明里は心から感謝した。

「ただ、俺はどうすればいいんだ」

「言った通り、昨日のことは秘密にして。それから香穏がやったとは決してバレないようにあの子を守ってあげて」

「俺が？　あいつを守る？　はっ、あんなひ弱そうな奴を」

「お願い、遠藤くん」

「……ちっ、分かったよ」

「ありがとう」

「でもあいつは大丈夫なのか？　昨日あれから帰ったとしても十時過ぎてるだろ」

「その件は大丈夫だったみたい。メールで連絡が来た」

「そうか」

「じゃあ、また連絡する」

「分かった」

そう言って明里はその場を後にした。

これから人と会う約束をしていた。

前に明里が前川に拷問まがいの事をされた時に使った公園。そこが待ち合わせ場所だった。

向かう途中、警察官と何人かすれ違い、その度に明里は昨日の事がバレていやしないかと肝を冷やした。

目的の人物はもう既に到着していた。明里の顔を見るなり駆け寄って来る。

「明里！」

「香穏」

「どうしよう街中に警察が来てるんだ！　ニュースでもこの街が流れてた。やっぱり僕捕まっちゃうんじゃ……」

「大丈夫。証拠品は遠藤くんが隠してくれた。警察はまさか香穏がやったなんて思わないよ」

「どうしてそう言い切れるの？」

「香穏がやったとは思われないように少し細工をしておいたの。それより、お母さんは大丈夫だった？」

「あ、あぁ。うん。怒られたけど、なんとか言い訳しておいた。今朝にはもう機嫌直ってたよ。むしろ、怒ってごめんね、なんて言ってきたんだ」

「そう、良かった」

「不思議だよ。門限に二時間も遅れたのに母さんが許すなんて」

「まぁ良かったじゃない。あとは香穏が堂々としていればいいだけ」

「堂々と？」

今の香穏は捕まるのではないかという不安で怯え切っている。この状態でもし警察に会わせたら間違いなく疑われる。

「いい？　これからはなるべく外に出ないで。家の中にいて。夏休みが終わる頃には皆事件なんて忘れてる。そしたら香穏はいつも通り学校に来ればいいから」

「分かった」

香穏はそれでようやく安心したのか、いくらか和らいだ表情になった。

「ねぇ、明里。夏祭りのことだけど……」

「夏祭り？」

「うん。父さんから聞いたんだ。今、町内会の人が開催するか、中止にするか話し合ってるって」

「それがどうかしたの？」

「もし開催されたら、僕行きたいんだ」

「夏祭りに？」

「うん。今まで母さんが危ないから行っちゃ駄目って行かせてくれなかったから」

「分かった。考えておくよ」

「ありがとう！　明里！」

香穏がそう微笑んで、明里はきゅっと胸が高鳴ったのを感じた。夜に家から一人抜け出させるくらい大したことないはずだ。香穏の願いならなんでも叶えてあげたかった。

「あ、もし行けることになったら遠藤くんも呼んで欲しいんだ」

香穏は思い出したかのようにそう言った。

「遠藤くん？　どうして？」

「遠藤くんにも迷惑かけちゃったから、少しでもお詫びしたくて……」

「分かった。言っておくよ」

明里の知るところ、彼はこういった祭りごとは嫌がるような気がしたが、香穏の頼みだ。聞かないわけにはいかない。

携帯を取り出し、彼に誘いのメールを送りながら、連絡先を交換しておいて良かったと思った。終業式が終わった後、なんとなく連絡先を交換しておいたのだ。だから昨日の夜も彼を呼び出す事が出来た。少しと経たず、ピロリンとメールを受信した事を知らせる音が鳴った携帯を開くと、そこには「了解」の二文字が書かれていた。

＊＊＊

あれから三週間。あれだけ毎日街をうろちょろしていた警察官を見かける回数は少なくなり、テレビでもあの事件が報道される事は無くなっていった。明里の読み通り、警察は犯人を逮捕出来なかった。なかなか犯人を逮捕出来ない警察を、世間は無能だとか言って散々叩いていたのに、今では有名芸能人の不倫ニュースの方が関心があるみたいだった。

「まさかあの女優と不倫とはねぇ〜。これは一家離散かねぇ」

祖母も、つい先日近所で殺人事件があった事などもう忘れているかのようだった。味噌汁を煮込みながら明里は器用にじゃがいもの皮を剝いた。

「おばあちゃん、今日の夏祭り私も行くから帰り遅くなるよ」

「おぉ〜そうかい。楽しんでくるんだよ」

「おばあちゃんも腰が治ったからってあんまり無茶しないでね」

「分かってるさぁ。それより明里ちゃん、ちょっと待っときんさい」

そう言って祖母は立ち上がると、何やらタンスの中をゴソゴソと探し始めた。

そしてお目当ての物を見つけたのか、「あったあった！」と言うと、それを明里の前に広げて見せた。

「これはねぇ、私が小さい頃着てた浴衣なんだ。明里ちゃんもまだ着れると良いんだがねぇ」

祖母が広げて見せた浴衣は、椿の刺繍が施された紺色の浴衣だった。

その綺麗さに、明里は思わず目を見張った。紺色の布地に、紅色の椿がよく映えている。

「綺麗……」

思わず明里がそう呟くと、祖母は嬉しそうにくしゃくしゃの顔をさらにくしゃくしゃにした。

「そうだろう〜。この浴衣は私の母も、そのまた母も着てきた大事な浴衣なんだ。明里ちゃんもきっと似合うよ」

しかし祖母の喜び具合とは反対に、明里の気持ちはどんどん落ちていった。

「私は、いい」

「えぇ！　なんでだい？　きっと似合うのに」

「似合わないよ。私には」

「明里ちゃんは可愛いんだから、これを着たらきっともっと可愛くなるよ。誰かこれを着た姿を見せたい相手はいないのかい？」

そう言われ、ぱっとある人の顔が浮かんだ。でも、こんな醜い自分が綺麗な浴衣を着るのはやっぱり不釣り合いな気がした。

「お友達も、明里ちゃんの綺麗な姿を見て驚くさぁ」

「そうかな……」

「そうだよ。さ、一回着て丈を見てみよう」

香穏は、この浴衣を着た私を見たら可愛いと思ってくれるだろうか。なんだか、そう考えると緊張で胸がドキドキした。

「ピッタリじゃないかぁ！　いやぁ本当に綺麗だねぇ」

祖母はぱちぱちと手を叩くと嬉しそうに浴衣を纏った明里を見た。鏡の前で浴衣を着ている自分は、まるで別人のようだ。着ているものが綺麗なだけで、まるで自分まで綺麗になったかのような錯覚に陥るのだから不思議だ。この姿を見たら、香穏は何て言ってくれるだろうか。

祖母は、かんざしまで付けてくれた。

キラキラと光るかんざしを見ながら、明里はきゅっと笑ってみた。普段の自分ならこんな事絶対にしないけれど、お祭りパワーとは不思議なものだ。予定通り今夜八時から花火が打ち上がる事を、家の前を通った町内会の車がアナウンスしていた。

香穏の家の前につき、懐中電灯で窓を照らすと、そっとカーテンを開けた香穏が窓から顔を出した。

「明里！　その格好……」

声を出した香穏に人差し指を立て、静かにという合図を出す。そして持ってきたロープを投げて香穏に手渡した。香穏は奥に引っ込んだかと思うと、ロープの先をどこかにくくりつけたらしく、ゆっくりと下りてきた。その様子をハラハラしながら見守る。幸いな事に、近所の人間は皆お祭りのため出払っているようで、誰にも見られる事はなかった。ようやく地面に下りてきた香穏は、明里を上から下までゆっくり見ると、ニコッと笑って「似合ってるね」と言った。それだけで馬鹿みたいに胸が高鳴った。祖母の言う事を聞いて浴衣を着てきて良かった、と思った。香穏は、事件が起きてしばらくは不安そうにしていたが、時間が経つにつれ段々落ち着きを取り戻していた。その事に明里は安堵していた。

「どこに行くの？　こっちは会場から離れちゃうよ」

後をついてきた香穏は、お祭り会場とは反対方向に向かう明里に怪訝そうに尋ねた。

「一応念のため。私たち三人が会ってるところを誰かに見られたらまずいでしょ」

「そうか……なら仕方ないね」

香穏はとても残念そうにそう言い、胸が痛んだ。

「でも遠藤くんが食べ物とか買って待ってくれてるから。それに、花火も見えないわけじゃないし」

「ほんと!?」

「うん。良い穴場スポットがあるって言ってた」

「へえ〜。楽しみだなぁ」

慣れない下駄で歩く明里の歩調に合わせて、ゆっくり歩いてくれる香穏が好きだと思った。こうして二人で歩いていると、まるで恋人同士みたいで胸がドキドキした。決してそうなる事はないと分かっているけれど。

待ち合わせ場所に着くと、彼、遠藤くんは既に待っていた。何故だか明里を見た瞬間焦ったような顔をしてすぐに目を逸らされたのは謎だった。そんなに浴衣姿はおかしかったのだろうか。遠藤くんは屋台で買った焼きそばやたこ焼きなんかを持っていた。穴場スポットまで案内すると言う彼の後に明里と香穏が続く。三人が揃ったのはあの夜以降初めてだった。明里の言った通り、香穏のした事を彼は誰にも漏らさなかった。この事は、誰か一人でも口外すれば途端に終わってしまう。バレた時点で香穏は警察行きだ。あの夜、彼を信頼して呼び出したのは正解だった、と明里は思った。遠藤くんの言う穴場スポットとは、名前だけで、ただの団地の裏の駐輪場だった。

「ここのどこが穴場なの？　花火見えないじゃない」

「少しは見えるだろ。ほら、あの端のやつ」

「もしかしてあの小さいやつ？」

「そう。なんか文句あるのか？」

「はぁ～……呆れた。期待してたのに」

「お前の注文が難しすぎるんだよ。人がいなくて、それでもって花火が見える穴場スポットなんてねぇよ」

明里と彼が口論する様子を止めたのは香穏だった。

「まぁまぁ、元はと言えば僕のわがままなんだし、僕は全然構わないよ。むしろありがとう。遠藤くん」

香穏がそう言うと彼は気まずそうに黙った。香穏と遠藤くんは、あの夜初めて会話したものだと思っていたけれど、違った。彼は明らかに香穏を前から知っているような素振りだったし、香穏の苗字を知っていた。河川敷に着いて彼がまず言ったのは、「どうして青山がここにいるんだ」という言葉だった。優等生の香穏と近所でも有名な不良の彼が一体どこで接点を持ったのか謎だったが、あえて聞かなかった。彼も明里と香穏の事について聞かないと約束したのだから、明里もそうするべきだろう。明里は持ってきたレジャーシートを敷いて、端に座った。

ぱち、ぱち、と遠くの方で笑ってしまうほど小さな花火の上がる音が聞こえる。近くで見たら相当の迫力のはずだが、これだけ離れていては大して感動もなかった。でも、隣に座った香穏は食い入るように建物の隙間から見える小さなおこぼれのような花火を見つめていた。その横顔が綺麗で、思わず見惚れる。

「明里、ありがとう。連れてきてくれて」

途端、香穏が急にこちらを向いたものだから明里は盗み見ていた事がバレていないか焦った。

「いや、ごめん。本当はもっとちゃんと見せてあげたかったんだけど……」

「良いんだ。こうして屋台で買ったものを食べながら花火を見るってどんな気分か味わってみたかったんだ」

「花火大会は初めてなの？」

「母さんが嫌ってて、連れて行ってくれなかった」

「嫌うって？」

「屋台の人達は皆スーパーで買った安いものを高い値段で売ってる詐欺師だって。そんなものを買って浮かれてる人達もみっともないって」

「そんな事……」

明里は言葉を詰まらせた。香穏の家庭がとても厳しい事は知っていたが、そんな理由で子供を花火大会に連れて行かないのはおかしいような気がした。

「おいお前ら、これ」

声のする方を見ると、香穏の隣に座っていた遠藤くんがニヤリと笑って花火セットを手にしていた。

「買ったの?」

「あぁ。安かったから」

「わぁ！　僕花火やるのなんて初めてだよ！」

「火と水は?　どうするの?」

「その為に持ってきたんだよ」

そう言って遠藤くんはバケツと、小さなロウソクを取り出し、ライターでロウソクに火を点けた。待ち合わせ場所に着いた時から何故バケツなんて持っているのか疑問だったが、ようやく謎が解けた。

彼は近くの水道からバケツに水を溜めると、こちらに持ってきた。

「やっていいの?」

香穏が恐る恐る聞く。

「あぁ。好きなだけやれ」

遠藤くんがそう言うと、香穏は目を輝かせて手持ち花火を一本手に取った。

ちらちらと揺れる火に香穏が花火の先端をかざすと、勢いよく緑色の花火が吹き出した。香穏はその様子に少し怖がっているみたいだった。目をぱしぱしと瞬かせ、顔を背けている。

「大丈夫だよ、火傷しないようになってるから」

明里がそう言うと、香穏は唾を飲み、両手でがっしりと持ち手を掴んだ。

花火をする事自体初めてなのだろうか。

最初、どっちに火を点ければいいのかすら分かっていなかった。もしそうだとしたら、香穏にとっては、人生で初めての花火という事だ。だとしたら、少しでも楽しんでくれるといいな、と明里は思った。やがてシューシューという音が弱くなると思うと、花火は止んだ。

「すごい！　こんなに綺麗だなんて！」

目を輝かせて、香穏が言った。

「良かった。香穏が喜んでくれて」

明里は香穏の喜んでいる姿を見たら自然と笑顔になった。

「俺たちもやるか」

遠藤くんがそう言い、手持ち花火を一本手に取った。

「そうだね、皆でやろう」

明里も花火を一本手にした。香穏もそれに倣って二本目を手にする。

暗闇を、三色の花火が舞った。

明里が花火をくるくる回すと、香穏は危ないよ、と止めたけれど明里はやめなかった。今度は二本手に持ち、身体ごとくるくる回った。

「おい、こっちに火の粉がかかる」

「なに遠藤くん。怖いの？」

「そんなわけないだろ」

「またまた〜」

明里が彼に花火の先端を少し向けると、彼の足元に火が飛んだ。

「つおい！　危ないだろ！」

「あはは」

楽しかった。実を言うと、こうして人と花火をするのは明里は初めてだった。花火自体はやった事はあるが、友達と一緒にやる機会などなかったのだ。

ずっとこんな時が続けばいいのに——。


しかし、花火の命は短い。終わってしまった花火を水につけると、まだ熱が残る先端からジュッと火が消える音がした。

手持ち花火を全て消化してしまったら、後に残ったのは線香花火だけだった。

これはどっちに火を点けるの？　と聞いてきた香穏に、ヒラヒラの部分を持つんだよ、と教えてあげる。明里も、初めて祖母の庭でやった時、どっちに火を点ければいいか分からなかった。

「線香花火にはね、昔から伝わる言い伝えがあるの。火を点ける前にお願い事して、最後まで火を落とさずにいられたら叶うっていう」

「へぇ〜そんなのがあるんだ」

「そんなの嘘だろ」

「信じないなら信じないでいいよ」

「僕信じるよ」

「じゃあみんなお願い事考えた？　いい？　遠藤くんも。せーので火点けるよ」

遠藤くんは不服そうな顔をしていたが、黙って言われた通りロウソクに手を伸ばす。自分から言い出しておいた事だが、明里は何をお願いしようかまだ決まっていなかった。二人も、何をお願いするか悩んでいるようだった。二人の顔を見て、暫し考えた後、明里はお願い事を決めた。火のついた玉が、初めは小さく燻っていたかと思うと次第に激しさを増し、ぱちぱちと音を鳴らし始めた。

明里は線香花火が一番好きだった。

決して煌びやかではないけれど、繊細で、儚い。手持ち花火に比べて一瞬で終わってしまう。

しかし、その儚さがまた良いのだ。明里は線香花火をする時毎回お願い事をしていたが、そのどれも火を落とさずに終わる事は出来なかった。しかし、今回だけはどうしても叶えたいお願いがあった。隣では、思ったより激しい火に驚いたのか、香穏が手を揺らし、火を落としていた。遠藤くんは初めからやる気がないのか、片手でダルそうに持っていた。明里は玉の先だけを一点に見つめた。

――どうか、どうか落ちないで。

線香花火も佳境に差し掛かっていた。そろそろ終わる。ここさえ耐えれば。

しかし、その時風が吹き、揺れてしまった火の玉は呆気なく落ちてしまった。

「あー……残念だったね明里」

「俺の勝ちだな。こういうのは気を張らずにやるのが一番なんだよ」

隣で遠藤くんが最後まで火を落とさなかった線香花火を水に捨てた。

「そろそろお開きにするか」

彼の言葉に携帯で時刻を確認すれば、もう九時を過ぎていた。あんまり遅くなると祖母を心配させてしまう。それに、香穏も長く家を空けるといつバレるか分からない。

「名残惜しいけど、解散だね」

香穏が残念そうな声で言った。

「また来年もやればいいだろ」

「そうだよね！　来年もやろう！　この三人で！」

バケツの水を捨ててくると言って何処かに行ってしまった遠藤くんに、明里と香穏は二人で食べた物の後片付けをしていた。

「明里、さっきは何をお願いしたの？

なんかすごく真剣だったみたいだけど」

香穏がたこ焼きの容器をゴミ袋に入れながら言った。

「あぁ。それは秘密」

「なんだろう、気になるなぁ。よっぽど叶えたいお願いだったの？」

「うん」

戻ってきた遠藤くんは、花火の残骸だけ残したバケツを持って戻ってきた。

――ずっとこんな幸せな時が続きますように――。

それが願いだった。黒く焼け焦げた花火の残骸を見ながら明里の胸には暗い影が渦巻いていた。

＊

久しぶりに小さい頃の夢を見た。家族でいちご狩りに行った時の夢だ。父さんが運転する車のスピーカーから洋楽が流れていて、それを助手席に座った母さんが口ずさんでいる。後ろに座った僕は、窓から見える景色からどんどん建物がなくなり、田んぼや畑に変わっていく様子をワクワクしながら見ている。やがて着いたぞという父の声に跳ねるように車の扉を開け外へ出ると、視界いっぱいに大きく聳える山と、青い空が広がった。母さん、いちごはどこ？　そう訊ねると、母さんは、いちごはあの中にあるのよ、と、ずらりと並んだビニールハウスを指差した。あの白い幕の中に、たくさんのいちごがあると思うと、期待に胸がドキドキした。優しそうなおじさんに案内され、ビニールハウスの中に入ると、そこには数えきれない程たくさんのいちごが僕を待っていた。これ、全部食べていいの？　そう聞くと、父さんは、香穏は食いしん坊だなぁ、と僕の頭をクシャクシャと撫でた。これに入れるんだよ、とおじさんに透明な入れ物を手渡された。どうすればいいか分からなくて固まっていると、へたの部分を持って、回転させるようにすると上手く取れるよ、とアドバイスされ、恐る恐るいちごへと手を伸ばす。すると、おじさんの言う通りつるりといちごが取れた。すごいね、香穏。母さんに褒められ、僕は得意気に一つ目のいちごを入れ物へと入れた。誰が一番大きないちごを取れるか競争しよう。父さんと母さんに言われ、僕はこの中で一番大きないちごを探すため、いちご畑を駆け回った。やがて、一際大きないちごを見つけ、僕は躊躇う事なくそれをもぎ取った。急いで父さんと母さんに見せに行くと、二人は、すごいね香穏！　と、また僕を褒めた。

「いちごの王様ね」

「王様って？」

「一番偉い人のことよ」

そうか。このいちごは一番偉いんだ。そう思いながら僕はいちごの王様を宝物を仕舞うみたいに大事にポケットへ入れた。


疲れていたせいか、帰りの車でいつの間にか寝てしまったらしい。母さんに起こされると、そこはもう家の駐車場だった。僕は跳ね起きて、ポケットの中のいちごの王様を捜した。ベタベタする感覚に恐る恐る手のひらを見ると、そこには僕が体重をかけたせいで潰れ、変わり果てたいちごの姿があった。泣きそうになっていると、その様子に気付いたのか母さんが、どうしたの？　と声をかけてきた。僕が手のひらの上のいちごの王様を見せると、母さんは驚いて、僕の手を取ると、急いでウェットティッシュで真っ赤になった僕の手を拭いた。車の床に転がったいちごを可哀想に思った。母さんは僕の手を拭き終わると、床に転がったいちごの王様を車の窓から外に投げ捨てた。

「母さん、いちごの王様が……」

半泣きで僕がそう言うと、母さんは「もうあれは王様じゃないのよ」と言った。確かに母さんはあの時いちごの王様だと言ったのに、どうして王様じゃなくなるのか分からなかった。車の外に出ると、土の上で汚れ、王位を剥奪された王様が僕を睨んでいた。いちごの汁のベタベ夕した感覚がまだ残っていた。

*

いちごの血が僕の手を真っ赤に染め上げている。今なら何故いちごの王様が王様じゃなくなったのか分かる。僕のせいだ。僕がいちごの王様を汚してしまったから、王様は王様じゃなくなった。

だから王様は母さんに捨てられたのだ。

僕も、あの王様みたいに――……。

恐怖なのか、寒さなのか分からない震えが身体を襲った。手にひっつくいちごの汁よりも少しだけぬるぬるした感覚が気持ち悪くて、必死で川の水で手を洗った。

何回も、何回も。

暗いせいで上手く血を落とせているか分からなかった。手が擦り切れるのではないかというくらいこすっても、あのぬるぬるとした感覚が消えなくて川の中に吐いた。

手足が震えているのは先程から頭上に降り注いでいる冷たい雨のせいだと思う事にし、震える手でやっとの思いで取り出した携帯を手にまず頭に浮かんだのは警察ではなく、違う人物だった。

発信ボタンを押し、耳に痛いくらい携帯を押し当てる。何回目かのコール音の後に聞こえてきた声に少し安堵した。

彼女はすぐに行くと言って電話を切ると、本当にすぐに来た。

僕を見つけ、事態を把握すると彼女は僕を抱きしめた。彼女の髪の毛からはいつもの花の香りがしたが、そこには血の臭いが混ざっていた。何故こんな事になってしまったのか、自分でもよく分からなかった。この事が母さんと父さんにバレたら僕はもう一緒に暮らせないかもしれない。下手したら刑務所で一生過ごす事になるかもしれない。母さんと父さんの期待を裏切ってしまった事がとても申し訳なかった。この前の母さんの残念そうな顔を思い出した。県のピアノコンクールに出る事が決まった事を伝えると、母さんはとても喜んだ。その日はお祝いだと言って、家族で久しぶりに外食をした。僕より上手い子なんて沢山いるのに、何故僕なのかと疑問だったが、ピアノ教室の先生には僕が一番適任だと言われた。母さんには、チャンスだと言われた。このコンクールで優勝すれば、本選に行ける。母さんも父さんも、僕に期待している。この機を逃してはならない。絶対に優勝しなければいけない。

そう深く胸に刻んだ。それから毎日鬼のように練習した。ピアノ教室がある日は当然だが、無い日も学校が終わるとすぐに家に帰り、自宅のピアノでひたすら課題曲を繰り返し弾いた。最初はこんな難しい曲弾けるわけがないと思っていたが、何度も練習するうちにある程度弾けるようになっていった。曲を理解する為、ピアノ教室の先生からこの曲の作曲者の事を聞いたり、曲名の意味を教えてもらったりした。そんな日々を送る事一カ月。ついにその日がやってきた。コンクール当日。母さんが選んでくれた衣装を着て舞台裏で待機していると、幕の裏から観客のざわめきが聞こえた。いつもだったらそのざわめきも、適度な緊張感も好きだったが、今回ばかりは違かった。コンクール会場は予想を遥かに超えて大きかった。発表会の時の比にならない。それはそうだ。これは、本選に行く者を決める大事なコンクールなのだ。両手にびっしょり汗を掻いている事に気付き、ズボンで拭いた。舞台裏には、僕と同じくどこかのピアノ教室から来ているであろう出演者達が皆ひしめき合っていた。ひたすら楽譜を見るもの、祈りを捧げているもの、目を閉じて静かに出番を待つもの。皆過ごし方はそれぞれだが、緊張しているのは確かだった。ここにいる人達は皆ライバルなのだ。皆どのくらい上手いのだろうか。県のコンクールなのだから、きっと物凄く上手いに違いない。僕は本当にここにいる人を全て抑えて、優勝する事が出来るのだろうか。そう思ったら突然不安になってきた。母さんがこのコンクールにどれだけ期待しているか知っている。ピアノレッスンだって、たったの一時間で物凄く高い値段なのに、このコンクールの為に倍の時間に増やしたのだ。それに、夜でも構わず弾けるようにとわざわざ防音設備のある部屋を作ってくれた。僕一人のためにどれだけのお金が動いているのかを知った時、僕はそれに応えなければいけないと思った。途端、舞台裏まで響き渡る拍手の音に引き戻された。気付けば、もう僕の出番だった。僕の前の女の子が緊張から解放され、リラックスした表情でこちらに向かってくる。いよいよだ。アナウンスが僕の名前を呼ぶ。最後に、左の手のひらに右の人差し指で三回「人」と書いてから飲み込んだ。ステージの上に行くと、舞台裏とは違い沢山のライトで照らされた明るい空間に思わず目を細めた。ステージの真ん中でお辞儀をして顔を上げると、予想を遥かに超えた拍手が僕を包んだ。座席は観客でほぼ満員だった。この中に、母さんと父さんもいる。失敗は許されない。また吹き出してきた汗が滝のように額を流れ落ちる。一歩一歩、黒い怪物へと近付く。それは、機嫌が良い時は大人しく言う事を聞いてくれるのに、機嫌が悪いと全く手がつけられない。そして、その怪物の機嫌は僕次第だ。椅子に腰掛けると、ふっと場が静かになった。それまでヒソヒソ囁いていた観客が僕の音を待っている。一体どれだけこの子は上手いのだろう、と期待に満ちた目で。その時、ピアノ教室の先生に言われた言葉を思い出した。「ピアノは怪物だ。でも、心から向き合って対話をすれば必ず心を開いてくれる」

そうか。僕は今まで上手く弾こうとそればかり考えてきた。しかし、そんな事考えなくていいのだ。ピアノは僕が真正面からぶつかれば、僕の気持ちに応えてくれる。そう思ったら、今まで緊張していたものが嘘みたいになくなった。目を閉じ、一度深く息を吐いてから鍵盤の上に手を滑らせた。『亡き王女のためのパヴァーヌ』。先生から、この曲の事は聞いていた。十六世紀から十七世紀にかけて、ヨーロッパの宮廷で流行っていた舞踏の事だと。しかし、頭の中に浮かんだのは小さい頃の、あのいちご畑の記憶だった。僕がその座を奪ってしまったいちごの王様。僕が死なせてしまったいちごの王様。曲名は王女のためのパヴァーヌだけれど、僕の頭の中では、亡きいちごの王様のためのパヴァーヌだった。解釈違いも良いところだ。この曲をそんなふうに解釈しているのは僕以外にはいないだろう。自分でも、亡きいちごの王様のためのパヴァーヌなんて、くだらなさ過ぎて笑いが出そうだった。でも、あのいちご畑はヨーロッパの宮殿で、僕が取ったいちごはあの中で一番踊りの上手い王様だった。

いちご畑を必死に駆け抜けた時の風を感じた。葉っぱの匂いがして、それにいちごの甘い匂いがして、気持ちが良かった。僕は宮殿にお仕えする使用人で、ある時たまたま王様が踊っている姿を目撃してしまう。王様はこの宮殿で一番大きく、そして美しく、綺麗だった。そんな王様がある時殺されるのだ。愚かな一人の使用人によって。皆王様の死を嘆き悲しみ、毎日天への祈りを捧げている。

愚かな使用人とは僕の事だ。僕が王様に手を触れたから、王様は惨めに死ぬ事となった。これはその贖罪の歌なのだ。

その瞬間、母さんの事や、優勝の事など全て忘れた。ただいちごの王様への償いの気持ちを鍵盤に込めた。ピアノの機嫌も、なかなかいいようだった。割れんばかりの大喝采に、いつの間にか短いようで長いような六分が終わっている事に気付いた。我に返ったかのように席を立ち、お辞儀をして顔を上げると、スタンディングオベーションをしている人までいた。なんだか現実味がないままステージを後にする。不思議と、熱い身体とは裏腹に頭ははっきりと冴えていた。

自分でもよく分からなかったけれど、もしこれで優勝じゃなくても、別にいい気がしていた。いちごの王様に対してようやく償いをする事が出来た。それだけで、僕は晴れやかな気持ちだった。

舞台裏からロビーに出ると母さんが待っていた。香穏、良かったわよ、と褒められ、そこでようやく母さんの事を思い出した。そうだ、これはコンクールだった。優勝がかかっているのだ。審査員の目は厳しい。僕が違うものを想像して弾いた事などすぐに音で分かってしまうに違いない。途端に凄く怖くなった。もし僕が優勝じゃなければ母さんは凄く落胆するに違いない。それだけはどうしても避けたかった。それから午後八時まで生きた心地がしなかった。水すら喉を通らなかった。母さんからかかるプレッシャーで押し潰されそうだった。なんてバカな事をしたんだ。いちごの王様なんてくだらない事を考えないで真面目に弾けば良かった。弾き終わった後の晴れやかな気持ちは嘘みたいにどす黒い灰色に変わっていた。ようやく審査員が紙を持って下りてきた時、あれだけ早く来てくれと願っていたのに、恐怖で息が止まった。もしかしたらあそこには僕の死刑宣告が書かれているかもしれない。隣で母さんが唾を飲み込むのが分かった。審査員がゆっくり紙を広げていく。遠くでわっと歓声が上がった。予想していた事だが、僕は優勝では無かった。僕は三位だった。先生が飛んできて僕を褒めた。しかし、優勝以外は僕にとって死刑宣告と同じだ。三位など、母さんにしてみれば参加賞のようなものだ。

「あの演奏は素晴らしかった。一体何を想像して弾いたんだ？」

先生が興奮気味に言い、僕は「いちごの王様です」と答えた。

変な顔をする先生に、僕が想像したいちご畑の事を話した。全てを聞き終わった先生は驚いたような、感心したような顔をした。

「そんな想像をする子は初めてだ。お母さん、この子はまだ伸びますよ」

それまでだんまりだった母さんに話が振られたものだから、僕は焦った。

僕が優勝ではないと知って、母さんは酷く落胆しただろう。しかし、母さんはいつも通りの笑顔で、ありがとうございますと言った。母さんが先生を外まで見送ると言うので、僕は一人その場に残った。完全に謝る機会を無くしてしまった。母さんの機嫌を損ねてしまったかもしれない事が恐ろしく、血の気が引いた。やがて、戻ってきた母さんに小さな声でごめんなさい、と言うと、母さんは「よく頑張ったわね。えらいわよ」と短く言うと、僕に背を向けた。怒られなかったことに安堵したが、僕は母さんが耳たぶを触るのを見逃さなかった。母さんが嘘をつく時の癖だ。僕が幼稚園の頃予防接種に行きたくないと駄々をこねた時も、母さんは耳たぶを触りながら「遊びに行くのよ」と嘘をついた。ショックと言うより、母さんの期待に応えられなかったことが申し訳なかった。しかし、来年こそはきっと優勝するという誓いを胸に立てた。

それで、この件は終わるはずだった。

しかし、事が変わったのは翌日の朝だ。

朝食を食べていると、母さんが明らかに不機嫌そうな顔をして新聞をテーブルに置いた。

「香穏が三位なんて納得いかないわ。今からでも審査委員長に連絡して審査をやり直してもらいましょう」

突然そんな事を言うものだから、驚いて固まっていると母さんは眉間にしわを寄せて新聞の一面の隅っこを指で叩いた。

「二位の子、遠藤さんちの次男じゃない」

「えっ」

そこで僕も新聞を見ると、そこには僕の名前の上に「二位　遠藤光輝」と印刷されていた。

生徒指導室で教師に反応していた彼の攻撃的な目を思い出した。

あの子は彼の弟だったのか。

「はあ。あんな家の子に負けるなんて信じられない。こっちは元ピアノ奏者に直々に教えてもらってるのよ？　審査が間違ってたとしか思えないわ」

遠回しに、彼の弟も、家も馬鹿にした母さんは、今度は矛先を僕に向けた。

「香穏もそんな平気な顔してないで少しは悔しがったらどうなの？　あの子香穏の一個下でしょ。歳下に負けたのよ」

昨日は嘘でも褒めてくれた母さんが、今は隠すことなく苛立ちを露わにしていた。何故そんなに怒っているのか、さっぱり分からなかった。遠藤くんの弟に負けているから何だというのだ。僕が優勝でなかった事は変わらないはずだ。

「あんな不良の子を育てるような家の子に香穏が負けるなんて……」

そこでようやく分かった。母さんは、優勝を逃した事を怒っているわけじゃない。前にコンビニで助けてもらったお礼に、遠藤くんの家を訪ねた時のことを思い出した。その帰り道、母さんは遠藤くんの家を見下すかのような発言をしていた。あらかた、自分より階級が下の家の子に僕が負けた事が許せないのだろう。

今回ばかりは違和感を覚えても僕に何も言う権利は無い。いくら弁明したって、僕が負けた事に変わりはない。高いピアノ教室で習った僕よりも、彼の弟の方が才能があったという事だ。何も言わない僕を見て母さんは呆れたようにわざとらしく大きくため息をつくと、新聞を折り畳みながら吐き捨てるようにこう言った。

「いちごの王様なんてくだらない」

その瞬間、頭の中で何かが膨れるような感覚があった。むくむくと、風船のように頭の中に小さく膨らんだそれは、何日経っても消える事は無かった。

*

ピアノコンクールから数日と経たず、すぐに学校では中間テストが行われた。

幸い、僕は塾で既に中学二年生の範囲を全て終わらせていたから、テストの内容はほとんど分かった。しかし、塾で習っているのは数学と英語だけだ。それ以外はピアノコンクールの練習で忙しかった為、ほとんど勉強していないせいか分からない問題が多かった。そのせいで、いつもなら必ず学年で十位以内には入っていたのに、今回は十六位という今までで一番低い順位を取ってしまった。その事を母さんに報告すると、残念そうな顔をされたが目立って怒られる事はなかった。逆に、反応したのは父さんの方だった。

父さんは普段は僕に学校の事を聞かないのに、テストがある時だけ順位はどうだったのか聞いてくる。父さんはとても頭が良い。有名な大学の医学部を卒業し、この街で一番大きな総合病院の外科医をしている。父さんの父さん、つまり僕の祖父も医者だった。父さんも母さんも口にはしないが、僕にも跡を継ぎ医者になって欲しいという思いをひしひしと感じた。勉学に力を入れているのはその為でもあるだろう。父親が地元でも有名な病院に勤務しているということで、小さい頃から僕は変な期待をされた。親戚の集まりなどでも、

「お父さんの血を継いでるんだからきっと立派な大人になるよ」

と言われてきた。最初は、周りから尊敬されている父さんを同じように尊敬していたし、父さんのようになりたいと思って嫌いな勉強も頑張っていた。でも、それよりも嫌な事が起きるようになった。周りから冷たい目で見られる事だ。

「近所にあそこしかないのを良い事に金ふんだくって。私たち庶民なんて所詮金ヅルなのよ」

小学校の時の参観日で、他の親がそう言っているのをたまたま聞いた。その時までは、親戚や母さんに言われた通り、父さんは人を助ける仕事をしている凄く立派な人なのだと思っていた。でも、それを聞いてからは、一体父さんは何をしているのだと今までずっと信じてきた思いが揺らいだ。父さんは、僕の順位を聞くと読んでいた新聞紙を折り畳み大きくため息をついた。

「塾を変えたのが間違いだったのかもしれないな」

頭の中でずっと膨らんでいた風船が、更に膨れたのを感じた。

父さんがそう言った途端、今度は母さんが物凄い剣幕で怒鳴り始めた。

「一体何を言うんです!?　あのままあそこの塾に通っていたら香穏はまた危ない目に遭っていたかもしれないんですよ!?」

「お前が騒ぎすぎてるだけだろう」

「貴方は香穏が心配じゃないんですか!?　よくもそんな事が言えますね！」

「香穏が危ない目に遭ってた時お前は何も出来なかったじゃないか」

「貴方こそ残業でいなかったじゃないですか！」

「もう、もうやめて。父さん母さん。全部僕のせいだから……」

「香穏は黙ってなさい！」

「僕が悪いんだ。ちゃんと勉強しなかったから……次からはちゃんと良い成績を取れるようにするから……塾の無い日も一日三時間は勉強する。だからもう喧嘩しないで……」

僕が泣きながら訴えたものだから、父さんと母さんも流石に面食らったのか黙った。僕が原因で二人が喧嘩しているところを見るのは辛かった。そして、この前のピアノコンクールだけではなく、父さんの期待まで裏切ってしまった事が申し訳なくて、罪悪感で死にそうだった。二人にとって、僕は駄目な息子なのだろう。部屋に一人になると、頭の中の風船がモゾモゾと動いて気持ち悪かった。その気持ち悪さをどうにかしたくて、手は自然と机の上のハサミへと向かった。行き場のない思いを自傷に向け始めたのはいつからだっただろう。よく覚えていないけれど、不思議とハサミで自分を傷つけた後は気分が良かった。これは駄目な自分への罰なのだ。

*

中間が終わると学校は夏休みに入った。

夏休みの注意事項を担任が話しているのを聞きながら、僕はこれから先の生活を想像し憂鬱な気持ちになった。夏休みといえど、実際は塾と家の往復だ。それ以外は外に出してもらえないだろう。

ホームルームを終え、学校から早速塾に向かおうと帰り支度をし、廊下に出た時だった。担任と母さんが職員室に入っていくのを見かけた。母さんが今日学校に来るなど知らなかった。一体何の用事だろう。そう思って後を追い、職員室の扉をそっと開け中を窺う。お客さんが来た時用の小さなソファに母さんと担任が向かい合って座っていた。母さんは僕に背を向けていた為、どんな表情をしているかは分からなかった。

「中学生という多感な時期にテストの結果を順位をつけて貼り出すのは如何なものかと思います」

母さんの声が聞こえた。

「うちの子は泣くほど辛い思いをしたんです。前々から思っていた事ですが、頭の良さで子供の良し悪しが全て決まると先生はお思いなのですか？　もっと一人ひとりの個性を大事にする教育をすべきなのでは？」

あの時と同じだ。僕がピアノ発表会に出た次の日母さんが朝から文句を言うため先生に電話をしている光景を思い出した。

「ですが順位を貼り出すことで生徒達の学習意欲も上がりますし……」

「そうではなくてですね、うちの香穏が泣くほど辛い思いをしたというのに先生はまだあの成績を貼り出すおつもりですか？　私は今すぐに今回の成績表を剝がすことを訴えます」

目眩がして、目の前の壁につかまる。

泣いたのは母さんと父さんが喧嘩していたせいで、決して成績が低いことが悲しかったとか、周りに負けて惨めだったからとかじゃない。でも、母さんはそんな僕の気持ちなんて知らないようで、勝手に僕が泣いたことを学校のせいにして、図々しくもその事を使って先生を脅している。自分がそんな事の為に使われているのが腹立たしく、わざわざそれを言う為に学校に押しかける母さんにもそんな事はやめてくれと今すぐ飛び出して言いたかった。それに、今までもテストの度に成績は掲示板に貼り出されていたが、一度も母さんは取り下げろなんて文句を言うことは無かった。母さんは前々から順位を貼り出す事に疑問を感じていたと言っていたが、僕がもし今回良い成績を取っていたら母さんはそんな事言わないような気がした。

「私も香穏くんを何も成績だけで評価しているわけではありません。香穏くんは人当たりも良く同性からも異性からも好かれています。最近もあまりクラスに馴染めていない子とお友達になったようで感心していたところです」

「ええ、そんな事は十分知っています。私は香穏の母親なんですから。それより、香穏はピアノコンクールの準備で昼夜練習していたんです。それでも合間を縫って勉強していたんです」

担任の僕の話をそれより、という一言ですぐに勉強の事に戻した母さんは僕の学校での様子なんて興味がないようだった。

「ああ！　聞きました。三位に入賞されたんですよね。うちの学校の誇りです」

「いいえ、私も香穏も優勝を目指していたのです。その為にわざわざ先生に頼んでコンクールにも出してもらったのに」

その瞬間、パンッという音が聞こえた。

頭の中でここ何日も膨らんでいた風船が破裂した音だった。逃げるように職員室を後にし、学校を飛び出た。破裂した風船の中に溜まっていたのはドロドロした膿みたいなものだった。頭の中に黄土色の膿が充満して思考回路の中にまで膿が入ってきて、何も考えられなくなった。気持ちが悪くて、頭を掻き毟りながら商店街を歩いた。野菜の値段が高いわねえ、とかそんなおばさんの声も、今日もパチンコで負けた、とか言っているおじさんの声も全て母さんの声にかき消された。

――香穏はえらいわね。

――この出来損ない。

――香穏は優しい子ね。

――せっかく高いお金を払ったのに。

――香穏、愛してるわよ。

――何でうちの子がお前なのかしら。

叫びそうになった瞬間、すっと聞こえてきた声にハッとした。

振り向けば、下校中の小学生のようだった。

「結愛ちゃんすごーい！　お母さんに貰ったの？」

輪の真ん中にいる女の子は手作りと思われるトートバッグを持っていた。

「これから家で誕生日会なの」

「いいなぁ！　羨ましい！」

「お母さんが料理作って待ってるからもう帰らないと」

その瞬間、今まで感じた事のなかった感覚に襲われた。その子の嬉しそうな顔も、大事そうに抱えているトートバッグも全て憎らしかった。その時、自分はその子に嫉妬しているのだと気付いた。

ただちょっとからかってやろうと思っただけだった。トートバッグを川の中に捨てるフリをすれば、その子は泣いて返してくれと頼んだ。少しからかったらすぐに返すつもりだった。でも、その子が人を呼ぼうと大声をあげたから、ビックリして突き飛ばした。するとその子は死んだみたいに動かなくなった。ピクリともしない。ちょっとやり過ぎたかな、なんて思って後悔したが、一向にその子は動く様子がない。もしかして気を失っているのだろうか。そう思って近付いてその子を起こそうと身体を揺り動かすと、右側を向いていたその子がゴロンと左側に傾いた。その姿はまるで事切れた人形のようだった。よく見ると頭の側の石が変色している。恐る恐る触ると、手に真っ赤な鮮血が付着した。思わず尻餅をついた。震える手を何度見たってそこにはその子の血がついていて、投げ出された足の先からはピンクのスニーカーが転げ落ちていた。目の前の光景が信じられなくて、呆然とそのまま尻餅をついていると、頬に冷たい感覚がした。雨だった。薄暗くなった空から雨が降り始めていた。雨はただ二人の冷たい身体を濡らした。

*

夏休みも残すところあと一週間を切っていた。三週間前はあんなに騒がしかった街も、今ではすっかり落ち着いている。開催するかどうか悩まれた花火大会も、例年通り開催された。生田に頼まれ、誰にも見つからない穴場スポットを見つけて欲しいと言われたので骨を折って団地の裏の駐輪場を見つけた。生田には文句を言われたが、青山も入れて三人で花火をした。青山と生田の関係が気にならないわけではなかった。何故優等生の青山と生田が呼び捨てをする程仲が良いのか。それに、あの夜の事もまだ完全に消化したわけではない。何故青山は小学生の女の子を殺したのか。そして、何故そこに生田がいたのか。聞きたい事は山ほどあった。でも、生田があそこまで青山を庇うのには何か理由があるのだろうと思った。あの日の夜、生田に電話で軍手とゴミ袋とスコップを持ってくるように頼まれ、何が何だか分からないまま倉庫から言われた通りのものを持って川へと向かった。生田はそこにいると言ったからだ。そこで頼まれた事は里聖の想像を超えるものだった。殺人の証拠を処理して欲しいと言うのだ。戸惑った里聖が生田に詰め寄っても、生田は冷静に、今は何も聞かず石をゴミ袋に詰めてどこかに捨ててきて欲しいと言うだけだった。後ろに見える放心状態の青山の様子を見ても、これが冗談ではない事は分かった。とりあえず事情は後で聞く事にし、言われた通り石は街の外れにある神社の敷地に埋めた。石を埋めたらそのまま川には近付かず家に帰るようにと生田に言われたけれど、家に帰っても里聖は全く落ち着かなかった。あの光景が、目に焼き付いて離れないのだ。その日の夜は結局生田から何も連絡が来る事はなかった。深夜に、遠くの方でパトカーのサイレンが鳴る音が聞こえ、里聖は眠るどころではなかった。もしかしたら自分は物凄くヤバい事に首を突っ込んでしまったのかもしれない。手伝わなければ良かった。そんな後悔が里聖を襲った。結局、朝まで一睡もする事が出来ず、頭痛のする頭を押さえながらリビングへと入ると、ちょうど両親が起きていた。両親の目線の先にはテレビがあり、そこには昨日の夜里聖達がいたあの河川敷が映っていた。

「ここが昨日の夜結愛ちゃんが発見された場所です。ランドセルが結愛ちゃんの通う小学校の近くで発見された事から、結愛ちゃんは下校中に何者かに連れ去られ、その後犯人は結愛ちゃんを川の中に遺棄した模様です」

アナウンサーが話す内容に里聖は耳を疑った。

――川の中に遺棄？

生田や青山と別れた時、確かにあの女の子は河川敷に横たわっていたはずだ。それがどうして川の中で見つかるのだ。それにランドセルも近くに落ちていたのに、何故それが全く違う場所で見つかる?

里聖は寝不足のせいでふらつく足に鞭を打ち、急いで河川敷へと向かった。

双葉川の近くには既に沢山の野次馬や報道陣が詰めかけていた。警察が規制テープを張っていて、河川敷には入れないようになっていた。サスペンスなどのドラマで見た事はあっても、実際こうしてこのような光景を目にするのは初めてだった。野次馬の中に捜していた人物を見つけ、人混みを掻き分けそいつの腕を掴む。人混みから離れて腕を離すと、生田は昨日の夜と何ら変わらない様子で無表情に里聖の顔を見た。

「どうなってる」

そう言うと、生田は表情を変えずに何が? と言った。その様子に苛立ち、思わず声を荒げてしまう。

「何がじゃない。昨日の件だ! 警察がうじゃうじゃ来てるじゃないか。隣町の奴らまで見に来てたぞ」

「言ったでしょ。この件は三人の秘密にするって」

動揺する里聖とは正反対に、生田は冷静にそう言った。

「じゃあランドセルは? なんであんな場所で見つかったんだ。横に落ちてたはずだろ!」

「私が捨てた」

「なんで」

「河川敷にあったら犯行現場があそこだってバレちゃうでしょ」

「じゃあ遺体だ。どうして遺体が川の中で発見されるんだよ！」

「犯人が別の場所で殺して、その後川の中に捨てたって警察に思わせる為だよ」

「でも頭の傷は残ってる。水死とは判断されないだろ」

「そう。狙いは水死じゃない。あの子は小学生の割に身体が大きかった。犯人が、その死体を運んで来れるくらい力のある人間だって事を思わせる為」

里聖は絶句した。まさかそこまで計算されたものだとは思わなかった。またそんな恐ろしい事を無表情に言う生田も信じられなかった。では、あの遺体は生田が川の中に捨てたという事なのか。何故あの青山という男の為にそこまでするのか里聖は理解できなかった。

ただ、少しだけ頭の中をよぎった事があったが、それを言うのは何だか憚られた。

「お前はなんであいつの為にそこまでするんだ」

そう言うと、それまで無表情だった生田の顔に変化が現れた。難しい顔をしたまま目を横にやるだけで、生田は何も答えなかった。その様子で、頭の中をよぎった想像が本当なのではないかという思いが強くなった。

「お前にも話せない事情がある事は分かった。なんで青山とお前が繋がってるのかも聞かない」

「ありがとう」

そう言うと、生田は強張らせていた顔を緩め、安堵したような顔をした。

何だか複雑な思いを残したまま、里聖は生田に次の指示を仰いだ。

もし、本当に青山が殺人を犯し、生田がそれを本気で庇おうとしているのなら、少しでも生田の力になりたいと思ったのだ。生田は昨日の夜の事を誰にも口外しないで欲しい、それと青山を守って欲しいと里聖に頼んだ。何故あんな奴を守らなければいけないのだと思ったが、生田の真剣な目を見たら了承するしかなかった。あの日の夜だって、青山はただ泣いているだけで何の役にも立っていなかった。その前だって似たようなものだ。コンビニの前で不良にカツアゲされている時も、抵抗一つしなかった。その時、ふと二人で逃げた後青山が言っていた言葉を思い出し明里に尋ねた。

「でもあいつは大丈夫なのか？　昨日あれから帰ったとしても十時過ぎてるだろ」

「その件は大丈夫だったみたい。メールで連絡が来た」

生田は大丈夫だと言ったが、どうにも里聖は腑に落ちなかった。

——僕の母さんは凄い厳しいんだ。僕が少しでも門限に遅れたら怒られる——

そう言っていた青山の顔を思い出し、あの日の夜は三人が解散した時点で既に十時を過ぎていたのに何もお咎めなしとは、ラッキーだったと言っていいのだろうか。生田は、また連絡すると言うとその場を後にした。白い半袖のブラウスの下からチラリと覗いた薄い傷痕が目に入った。生田と出会ってまだ間もない頃、彫刻刀で切られたと言っていたその傷は、もう包帯が取れ、一見すると猫に引っ掻かれただけみたいに見えた。他に新しく傷が出来ていない事に、生田を虐めている奴らも最近は大人しくなったのか、と安堵する。六月、顔中に傷を作って登校してきた生田を見るのはもう、嫌だった。

生田は三人だけの秘密にすれば誰にもバレる事はないと言った。実際、生田の言う通りになった。事件から数日は警察が血眼になって犯人を捜していたが、結局犯人が捕まる事はなく、事件はほぼ世間から忘れ去られた。次第にあの事件の事がテレビで放送される回数も減り、里聖もあの日の夜の事をほぼ忘れかけていた。しかし、ある日の夜、生田から着信があった。一瞬、携帯を取ろうとした手が固まった。あの日の夜と同じだ。

生田が河川敷に来て欲しいと頼んだ時も、こうして電話が鳴ったのは午後九時を過ぎていた。何か不吉な予感がし、恐る恐る通話ボタンを押し込み耳にそっと携帯を押し当てると、里聖の予想とは反対に電話の向こうは騒がしかった。

「あ。里聖く〜ん、あたし明里ぃ〜！」

突然知らない女の声が聞こえ、緊張感が増す。

「誰だ」

里聖が低い声でそう言うと、

「やだなぁ。明里って言ってるじゃん」

と、女はさも面白そうに答えた。ギャハハハ、と向こうで複数の人間が笑っている声が聞こえた。手に汗を掻いているせいで、ぬるぬると落ちそうな携帯を必死で握りしめた。里聖は今まで感じた事のない恐怖にも似た焦りを初めて感じた。

生田の身に何かがあった。それは確かだった。しかし、この声の主は一体誰なのか、何故生田の携帯を使って里聖に電話をかけてきたのか、生田は今どこにいるのか、何も分からなかった。

「生田に何をした。生田は今どこだ」

「あたしにそんな口聞いていいのぉ？　生田、死んじゃうよ」

「何？」

死、という言葉が聞こえ、携帯を持つ手が更に強ばった。

「お前、あたしのこと覚えてない？」

誰だ。誰だ。この女は。

今まで喧嘩してきた奴らのうちの誰かの女だろうか。必死に思い出そうとしても、今まで倒してきた奴の顔なんていちいち覚えているわけもなく、ましてやその女なんて知る由もなかった。

「本当にわかんないの？　じゃあ名前言ったら分かる？　あたし、美香。前川美香よ」

その途端思い出した。コンビニの前で散々生田を罵っていた女だ。生田の六月の顔の傷の原因も、この女だ。

「お、お前……」

「あ、思い出してくれた？　あの時は随分とあたしに恥かかせてくれたわね」

「生田に何をした」

怒りの気持ちを必死で押し込んだせいか、声が震えた。

「生田、かわいいわよねぇ。顔の痣さえなかったらなかなかのもんよ」

「生田に何をしたんだ」

「でも良かったぁ。顔の痣のおかげで香穏くんのお気に入りではあるけど彼女にはなれないんだからねぇ」

突然知っている人間の名前が聞こえ、言葉が出なかった。何故ここでアイツの名前が出てくる。この女と青山は一体どういう関係だ？　生田と何の繋がりがある？

「ほんっと目障りな女。コイツのせいで香穏くんに振られたのよ。信じらんない」

その瞬間バラバラだったピースが繋がった。生田が言っていた逆恨みとは、この女の事だったのだ。この前川という女は青山に告白し、振られた。そして、その振られた腹いせに生田をあんな目に遭わせたのだ。生田と青山が仲が良いというだけで。身体中が熱いマグマのように火照った。今すぐにでもこの電話の向こうの女を取っ捕まえてぶん殴ってやりたかった。里聖に力では勝てないと知っているから、里聖の一番の弱点を突いてくる卑劣さも、何もかもが腹立たしかった。しかし、実際この女の策は間違っていない。生田を人質にする考えは正しい。

結果として里聖は今、人生で初めて焦っていた。

「生田はどこなんだ」

「本当に生田に惚れてんじゃん。生田、色目でも使った？」

「いいから生田がどこか言え！」

「あっはは〜！　そうキレんなって。大丈夫、生田はちゃーんと無事だから」

その瞬間後ろからギャハハハとこの女の取り巻き達が笑う声が聞こえた。その雰囲気に、生田が無事ではない事を直感で悟り、同時にとてつもなく嫌な予感がした。

「まあ確かにコイツ、身体つきは女っぽいもんねえ。お前コイツで何回抜いた？」

「生田はどこだよ！！！」

「まあ確かにあんたが欲情するのも仕方ないかぁ」

「いいから生田がどこか……」

「言っちゃっていいのかなぁ？　あんたが後悔する事になるよ」

「何？」

嫌な予感がした。とてつもない嫌な予感。

「あんたがいつも使ってる資材置き場。そこに来な。じゃ」

ツーツーと通話が終了した事を知らせる音が鳴っても、里聖はしばらくその場を動けなかった。部屋の時計の秒針が、カチ、カチと鳴る音だけが部屋に響き、その音に呼応するように冷や汗がこめかみを伝った。

「生田……生田！」

我に返って部屋を飛び出す。階段を駆け下りる音で気付いたのか後ろから弟が呼び止める声が聞こえたが、立ち止まる余裕はなかった。

通い慣れた道をただひたすら走った。何故いつも使っている資材置き場がアイツらにバレているのかは分からなかったが、あそこに生田がいるなら向かう以外に選択肢はない。頭の中にあの女の言っていた言葉が蘇った。里聖が想像したのは、それは考え得る限り最悪な想像だった。資材置き場に近付くにつれ、生田の安否を確かめたいという気持ちと、もし自分の想像していた通りだったら資材置き場に向かいたくないという気持ちの間で揺れた。しかし、生田を助けなければ、と自分を鼓舞しひたすら走った。

夜の資材置き場は、ひっそりとしていて物音一つしなかった。

「生田っ……！」

里聖の呼びかけは夜の闇に溶けて消えた。返事はない。本当にここに生田がいるのだろうか。騙されたのではないだろうか。そんな疑念が渦巻く中、里聖は生田を捜し回った。里聖が砂利を踏み締める音だけが辺りに響いた。ぐるぐる捜し回っても、生田は見つからなかった。目についた所は全て捜した。後は、もうあそこしかない。もし、生田がこの場所にいて、アイツらが人目に付かないように生田を人質にしたならば——。

里聖は資材置き場の一番奥にある小さな倉庫に向かった。

倉庫の扉は少し開いていた。やはりここだ。錆び付いた扉を開けると、ギイという耳障りな音がした。

「生田っ……！　いるのか？」

倉庫は電気もなく真っ暗なため何も見えなかった。ひたすら目が暗さに慣れるのを待つ。次第にぼんやりと開けてきた視界に、倉庫の真ん中に人が横たわっている姿が浮かび上がった。

「生田っ……！」

急いで里聖が駆け寄り、生田の肩を抱き起こすと、生田はうっすらと目を開けた。

「遠藤くん……どうしてここに……」

里聖の最悪な想像は当たった。変わり果てた生田の姿に、思わず生田の肩を抱く手が震えた。横に落ちたブラウスのリボンが、生田の身に起きた事を物語っていた。それだけではない。彼女の顔は赤く腫れ上がり、腕には痣ができていた。

「ごめんね……私のせいで……」

生田はか細い声でそう言った。

「なんで……なんでお前が謝るんだ……俺のせいじゃないか……こんなの……」

自分が酷い目に遭ったというのに、里聖を心配する彼女に自然と涙が出た。里聖の涙が彼女の頬に落ちる。彼女は白い腕をゆっくり持ち上げると、里聖の頬をそっと撫でた。

「謝らないで……貴方のせいじゃない……」

「ごめん……ごめん生田……」

彼女の手は、屋上で傷を手当てしてもらった時のような温かさはなく、冷たかった。その事が悲しくて、また涙が出た。

誰よりも守ってやりたかった生田を自分のせいでこんな目に遭わせてしまったという事実が、里聖を苦しめ、生田の顔を直視できなかった。

「遠藤くん……お願いがあるの……」

その声に、恐る恐る顔を上げると、生田は弱々しく笑みを浮かべていた。

しかし、その顔は穏やかだった。

「香穏には……この事を言わないで……」

どこまでも穏やかな顔だった。この期に及んで、まだあんな男の心配をしているなんて。

「なんで……どうしたってお前はそんなにアイツを庇うんだよ！　なんでなんだ……」

「絆創膏……くれたの……」

「えっ」

「始業式の日……指を怪我してる私に……絆創膏をくれたの……」

「たった……たったそれだけで……」

「怪我をしても殴られないのは……初めてだった……」

里聖は絶句した。何も言えなかった。

生田の口から出た言葉は異常なものだった。怪我をしても殴られない、なんてそんなの当たり前じゃないか。

「何言ってるんだ！　殴る方がおかしいに決まってる！　お前だって俺に手当てしてくれたじゃないか！」

「遠藤くん……」

生田は里聖の言う事など聞いていなかった。

倉庫の天井を見つめる彼女の目の縁に涙が溜まっていて、ハッとする。

「……トートバッグが見つかったの……」

「えっ？」

「あの女の子が持ってたトートバッグ……香穏が殺した日に川に投げ捨てたらしいの……」

「なんだよそれ聞いてないぞ…」

「私も知らなかった……でもさっき警察の人が話してるのを聞いたの……」

生田が形の良い唇を震わせた。

「お願い……あの子を……守って……」

彼女の目尻からこぼれた涙が里聖の腕に落ちた。

＊

　里聖がここにいる事は明らかに場違いだった。どこを見ても、大きな門に大きな屋根。いかにも金持ちが住んでいそうな家がズラリと並んでいる。里聖が住んでいる貧相な場所とは明らかに違う。この住宅街は所謂高級住宅街と呼ばれる場所だろう。その高級住宅街のとある家の前に里聖は佇んでいた。その家は他の家とは一回り違っていた。何よりその大きさだ。普通の家の二倍はあるのではないかというくらいの大きさと、その家の前にこれでもかというくらいびっしり並んだ花が、この家の持ち主が大金持ちだという事を示していた。花の香りは嫌いではなかったが、この家の花の匂いはやけに鼻についた。インターホンを押すと、暫くしてから木製で出来た小洒落た扉から、綺麗な洋服を纏った女性が出てきた。その女性はアイツの母親だろうから、歳は四十代辺りのはずだが、その事を感じさせないくらいその女性は若々しく綺麗だった。いかにも厳重そうな門の前で立ち止まると、その人は訝しげに里聖を見た。


「どちら様ですか？」

「息子さんはいますか」

「どなたか知りませんがこんな時間に押しかけるなんて迷惑だと思わないの？」

「息子さんに話があるんです」

「名前を教えなさい」

「遠藤。遠藤里聖。そう伝えれば分かると思います」

その途端、母親は目を見開き、すぐに顔を強張らせた。

「うちの息子には話すことなどありません」

穏やかに振る舞っているつもりだろうが、その刺々しい声が里聖に対する敵意を隠しきれていない。少しは嫌な顔をされるだろうとは思っていたが、まさか近所で有名な不良というだけでここまで拒絶反応を出されるとは思わなかった。

「お願いします。息子さんを呼んでください」

「早く帰りなさい。二度とここに来ないで」

母親はそう言うと背を向け、玄関へと戻って行ってしまう。里聖は必死で門にしがみつき、大声を出した。

「お願いします!!　息子さんを呼んでください！！！」

「ちょっと貴方何してるの!?　やめなさい、近所迷惑じゃない！」

「やめません。呼んでくれるまで叫び続けます」

「何考えてるの!?　早く帰りなさい！　警察を呼ぶわよ！」

「警察を呼んで困るのは貴方じゃないですか？」

「はあ？　何を言っているの!?　今すぐに帰らないと本当に警察を……」

「母さん、一体どうしたの？」

後ろを見ると、開きっぱなしの扉の向こうにパジャマ姿の青山が目を擦って突っ立っている姿が見えた。青山は里聖の姿を見つけると、あっ！　という顔をし、裸足のまま庭に飛び出して来た。

「母さん、彼は僕の友達だよ。だから大丈夫」

「友達？　いつの間にこんなのと友達に……」

青山は厳重そうな門を開けると、嬉しそうな顔をして里聖を見た。

「遠藤くん、一体どうしたの？　何か用事？」

「生田が襲われた」

「えっ……どういう事？」

「そのまんまの意味だ。生田は襲われた」

「誰に……まさか他の奴らにあの事を知られたんじゃ……どうしよう遠藤くん……」

襲われた生田よりも自分の心配をする青山が憎くて仕方なかった。

何故。何故こんな奴なんかに。

「まさか明里が漏らしたんじゃないよね？」

その一言で我慢の限界だった。里聖は思いっきり青山の胸ぐらを掴み、その拍子で倒れた青山の上に馬乗りになった。

「ちょっと貴方何してるの!?　今すぐやめ……」

里聖を引き剝がそうとした母親を振り払うと、母親は地面に尻餅をついた。今は力の加減が出来るほどの余裕はなかった。

「青山！！！　お前こんな時まで自己保身かよ！！！　生田の気持ち考えたことあんのかよ！！！」

馬乗りになられた青山は顔を真っ青にし、その顔は恐怖に怯えていた。

「生田がお前の為にどれだけの犠牲を払ってるか知ってんのか⁉　あんな目に遭ってもなおあいつは……」

そこまで言いかけて、資材置き場の倉庫で、里聖の手に触れた生田の涙を思い出し言葉が詰まった。

「な、何の話かわからないよ」

「お前が何であの女の子を殺したのか知らないが、これ以上生田に迷惑かけんじゃねえよ！！！！」

里聖がそう言うとそれまでキョロキョロと動いていた青山の目が止まった。

「殺した？　貴方何を恐ろしい事言ってるの？」

何も言わない青山に代わって母親が何を言われたんだか分からないという顔でそう言った。

「母さんは中に入ってて」

青山は静かに口を開いた。

「香穏！　こんな頭のおかしな男とこれ以上話す必要ないわ、今すぐ中に……」

「いいから母さんは中に入っててよ！！！！！」

それまで大人しかった青山が声を張り上げたものだから、母親は心底驚いたような顔をして、口をぽかんと開けていた。

「香穏、私……」

「中に入れって言ってるんだ！！！」

青山の怒気を孕んだ声に、母親は放心状態となったのか、おぼつかない足取りで渋々中へ入って行った。

ガチャリと扉が閉まる音がし、庭には里聖と、パジャマ姿の青山だけが残った。

はあはあ、と息を荒らげる里聖を、青山は恐怖なんだか、憎しみなんだか分からない顔で見返すだけだった。しかし、母親が居なくなるときまりが悪そうに里聖から目線を外した。その事が里聖を更に苛立たせた。

「お前いつまで母親の言いなりになるつもりだよ!!　そうやって庇ってもらっていいご身分だなぁ。あの夜も一人じゃ何も出来ないからって生田に電話したんだろ！」

「……」

「お前はただ泣いてるだけで何もしなかった。だから後始末も全部生田か？　生田が不幸になっても自分の身が安全ならそれでいいのか？」

「……」

「生田をなんだと思ってんだよ！　あいつはお前のおもちゃじゃないんだ!!」

　青山は里聖が責め続けても何一つ言葉を発さなかった。ただ、苦虫を噛み潰したみたいな顔をして里聖の言葉を黙って聞いているだけだった。これ以上何か言っても埒が明かないと里聖は判断し、ため息をつくと、掴んでいたパジャマを離した。息苦しさから解放されたのか、青山はケホケホと咳をした。

「トートバッグが見つかった」

「えっ」

　それまで横を向いていた青山が振り向いた。

「どういう事か分かるか？」

「し、知らないよ僕……」

「生田はあの女の子が持ってたものだって言ってた」

　見る見るうちに青山の顔が白くなっていく。そして、また里聖から顔を背けた。やはり青山はトートバッグの事について何か知っている。

「本当の事を言え。トートバッグってなんだ。お前はそれをどうした？」

「……っ」

「青山！！！！！」

肩を掴んで揺さぶると、青山はそれでスイッチが入ったのか堰を切ったように声を張り上げた。

「からかったらすぐ返すつもりだったんだ！！！　なのにあの子が取り返そうと飛びついて来たからその拍子で川の中に……」

一瞬何を言われているのか分からなかった。青山は目に涙を浮かべてぷるぷると震えている。

からかうため？　そんな事の為にあの女の子は殺されたのか？

そんな馬鹿げた理由で生田は事件に巻き込まれたのか？

「ふざけんじゃねえよ！！！！！！」

里聖は思いっきり青山の左頬を殴った。

青山はシクシクと泣きながら頬を手で押さえた。

「お前のそんなくだらない悪戯であの子は死ななきゃならなかったのか？　人の命をなんだと思ってんだよ！」

「僕だって辛かったんだ!!　父さんにも母さんにも見下されて……僕の気も知らないのに勝手な事を言うなよ！！！」

里聖は絶句した。生田が命をかけてまで守ろうとしているのは、こんな自己中心的で傲慢な男だったのか。何故。何故こいつなんだ。六月、生田が暴行されたのも、あの夜河川敷で起きた事も、先程起きた事も、元はと言えば全てコイツのせいじゃないか。里聖は、初めて目の前の男に殺意が湧いた。

――お願い……あの子を……守って……――

その時、倉庫の中で弱々しく横たわる生田の姿を思い出した。横に落ちたブラウスのリボンが、脳にこびり付いて離れなかった。

「もういい」

里聖は馬乗りになっていた青山から身体を離すと、立ち上がった。よろめきながら先程入った門を押し開いて外に出た。身体中についた花の匂いが気持ち悪くて、頭がおかしくなりそうだった。

生田から香る花の匂いがふと恋しくなった。後ろを振り向いても、青山は追って来てはいなかった。

＊　＊　＊

子供の頃からクラシックをよく聴いて過ごした。お母さんが好きだったらしく、家の中にたくさんＣＤが置いてあったからだ。お母さんが聴いていたというＣＤを自分も聴くと、なんだかお母さんのことを少し知れたような気がした。私はお母さんに会った事がない。お母さんは元々病弱で、私を産んですぐに他界したそうだ。私の中にあるお母さんは、どこか公園で撮ったと思われる写真だけだった。しかし、話した事もないその女性が母親だと言われても、現実味が湧かなかった。お母さんを亡くし、父親はシングルファーザーとなった。私を育てる為、昼夜働きに出ていた。昼間は建築現場で働き、幼稚園の終わる時間になると一旦仕事を切り上げ、作業服のまま私を迎えに来た。父親から香るペンキの匂いが好きだった。私が手を繋ごうとすると父親は汚れるから、と言って毎回拒んだ。でもそれでも駄々をこねれば、父親は渋々手を繋いでくれた。私は今日幼稚園であった事を早口で話した。折り紙で鶴を折ったこと、歌の練習で褒められたこと。父親は早口で話す私をニコニコしながら見ていた。火曜日だけは、途中スーパーに寄り、一緒に食材を買う。火曜日はスーパーのセールの日なのだ。私は父親の作るハンバーグが好きだった。ほぼ毎日飽きるのではないかというくらいハンバーグを作ってもらっていた。精肉コーナーで私が一パック二百九十円の細切れ肉を指差せば、父親は、明里は本当にハンバーグが好きだね、と言い買い物かごに入れた。そうしてスーパーを出ると、私は父親が持つ袋を片方だけ持ち、父親はもう片方を持った。重かったけれど、少しでも褒めてもらいたくて頑張って持った。真っ赤な顔をしている私に、父親は「無理しなくていいんだよ」と言ったが、それでも頑なに袋から手を離そうとしない私を見て、父親は「明里は頑固だなぁ」と笑った。そうして二人で小さな二階建てのアパートまで帰るのが私たちの日常だった。いくら忙しくても、父親はご飯だけは一緒に食べてくれた。フライパンから鳴るジュージューとした音によだれが出そうになりながら待っていれば、出来たよ、と声をかけられる。そうすると私は折り畳み式の小さなテーブルを持ってきて、狭いリビングの真ん中に置く。二人分の皿を持って父親がテーブルに置けば、肉の焼けるいい香りがした。「いただきます」そう言って二人でご飯を食べる。この時間が、私は幸せだった。今思い出しても、一番綺麗な思い出なのではないかと思う。夕飯を食べ終わると、父親は仕事に戻る為すぐに家を出た。「早く寝るんだぞ」と頭を撫でられ、口を尖らす私に父親は、「ごめんな。明日またハンバーグ作ってやるから」と言って出て行くのだった。今なら、生活の為だと分かるが、幼稚園年少の子供にそんな事分かるはずもなく、私はただただ構ってくれない父親に不満を感じていた。幼稚園のお遊戯会も、歌の発表会も、父親は仕事だと言って来てくれなかった。周りの子達が両親に褒められているのを横目に、私は幼稚園の先生の隣でちょこんと座っているだけだった。

「どうしてあかりちゃんのお母さんとお父さんは来ないの？」

同じチューリップ組のまりあちゃんにそう言われ、酷く惨めな気持ちになった。私だってお母さんとお父さんに来てもらいたかった。だけど、お母さんは私を置いてとっくにいなくなったし、父親は仕事だと言って来ない。当時の私は本当に愚かだった。構ってくれない父親の気を引きたくて、幼稚園でお腹が痛いと嘘をついたのだ。知らせを聞いた父親は、血相を変えて飛んで来た。父親の姿を見つけ、私は勢いよく毛布を剥ぐと、父親のそばまで駆け寄って抱きついた。私の為に仕事を放って飛んで来てくれた事が嬉しかったのだ。しかし、その事で私が仮病を使ったと嘘がバレてしまった。私が嘘をついた事を知ると、父親は酷く怒った。それまで温厚な父親が怒った事など見た事もなかったのに、鬼のような顔と凄まじい剣幕に涙が出た。

「ごめんなさい……ただ寂しくて……」

そう言うと、父親は凄く困ったような悲しそうな顔をした。そして私の目線までしゃがむと、私を強く抱き締めた。その時のペンキの匂いに安心して、また涙が出た。

幼稚園年長になり、チューリップ組からすみれ組になった私は段々人の目を気にするようになった。周りの子はデパートで買ってもらったという可愛い洋服を着ているのに、自分はスーパーのセールで五百円で売られていた安物だ。まりあちゃんみたいなリボンのついた可愛い洋服を一度着てみたかった。ある時みんなでおままごとをしていると、まりあちゃんが驚くべき事を言った。

「あかりちゃんってなんか変なにおいするよね」

「えっ」

突然そんな事を言われたものだから驚いて固まっていると、周りの子も似たような事を言い始めた。

「わたしもおんなじ事思ってた！」

「なんかくさいよね」

「あかりちゃんのお父さんからも同じにおいがしたよ」

恥ずかしさで顔から火が出そうだった。

父親のペンキのにおいだ。よりにもよって、女子の中で一番人気のあるまりあちゃんにその事を指摘され、もしかしたら仲間外れになるのではないかと恐ろしかった。そして、あれだけ好きだった父親のペンキのにおいが嫌いになった。

その日は迎えに来た父親の作業服が汚く見えた。機嫌の悪い私に、父親は何かあったのか、と聞いて来た。私は不満をぶちまけた。

「こんなださい服うんざり！　私だってみんなみたいに可愛い洋服着たいのに!!」

そう言うと、父親は驚いたような顔をして、そのあと悲しそうな顔をした。そこで、自分の言ってしまった事で父親を傷付けたのではないかとハッとしたが、父親は「ごめんな」と言うだけで、その事がまた私を苛立たせた。それから数日は父親と口を利かなかった。今まで何回か喧嘩する事はあっても、ここまで長引いたのは初めての事だった。もし幼稚園で仲間外れにされるような事があったらどうしよう、もしそうなったら父親のせいだ、と私は信じ込んでいたのだ。

ある朝、目が覚めると枕元に包みが置いてあった。何かと思って包みを開けると、そこには私がペンキ臭いと馬鹿にされたスーパーの安物のトレーナーが入っていた。綺麗に畳まれたそのトレーナーの胸元に、クマのワッペンがついていた。こんなもの、買った時は無かった。父親がつけたのだ。今の流行りは日曜の朝にやっている可愛い女の子が変身し、可愛い洋服を着て悪者と闘うアニメなのに、クマだなんてもっと馬鹿にされるに決まっている。父親のセンスの無さと、もうこの洋服は着ていけないという事実にどうしようもなく腹が立った。

リビングへ入ると、父親はちょうど私のお弁当を作っているところだった。

「ああ、起きたのか」

いつもと変わらぬ口調で父親はそう言ったが、なんだかソワソワしているのが見て取れた。私がこのトレーナーを見て喜ぶと思っているのだろう。

「これ」

私が片手にクマのワッペンのついたトレーナーを見せると、父親は途端に顔を緩ませて菜箸を置いた。

「あぁ、見たのか。気に入ってくれるといいんだが」

少し恥ずかしそうに頭を掻く父親に言いようのない苛立ちを感じた。

「今時クマなんて私が馬鹿にされるよ！　プリプチの洋服がよかったのに！　もうこの服着ないから捨てて」

私がそう言ってトレーナーを突き出すと、父親は驚いたような顔をしたが、すぐに「ごめんな、父さん女の子の間で何が流行ってるか知らなくて」と言ってトレーナーをゴミ袋に詰めた。

私はしてやったりという気分だった。

今までの惨めな思いも、馬鹿にされた事も、当時の愚かな私は父親にぶつける事で消化するしかなかったのだ。

後日、枕元に今度はちゃんとリボンで結ばれた包みが置いてあって、中を見たら、今周りで流行っているプリプチの洋服が入っていた。夢にまで見た可愛いリボンとフリルの付いた洋服。それは、アニメの中で主人公のカレンちゃんが着ている洋服そのもので、胸が高鳴った。

早速ウキウキした気持ちで洋服を着て幼稚園に行くと、みんな私を取り囲んだ。

「すごい！　それカレンちゃんの着てる服だよね！」

「わたしも欲しかったけど高いからって買ってもらえなかったのに！」

「羨ましい〜！　買ってもらったの？」

一瞬にして私は人気者となり、あのペンキのにおいの件もこれで心配する事はないと安堵していた。しかし、問題はこれだけではなかった。

ある日の朝、父親が嬉しそうな顔をして話しかけて来た。

「今度の木曜日、休みが取れたんだ。お遊戯参観に行けるぞ」

その時私が思ったのは、こんな貧相な洋服にペンキ臭い父親が幼稚園に来たら、また仲間外れにされるのではないかという恐怖だった。せっかく幼稚園でうまくやれているというのに、父親のせいで台無しにされるのは嫌だった。そして、その時父親の作業服姿を恥ずかしく思った。

「お父さんは来ないで!!」

そう言うと、父親は驚いた顔をして、どうしてだ、と聞いた。

「お父さんが来たら馬鹿にされるのは私なの！！！　この前だって私変なにおいがするってまりあちゃんに言われてすっごく嫌だった!!　だからもう来ないで!!」

父親はショックを受けたような顔をしていたが、一言、ごめんな、と言って仕事に行ってしまった。

結局、私のお遊戯会を父親が観る事は一度もなかった。

時が経ち、私は小学校へと入学した。

ピカピカの赤いランドセルを見たら、胸が高鳴った。入学式の日、父親は黒いスーツを着て私と門の前で写真を撮った。

父親のちゃんとした姿を見るのは初めてだった。小学校に上がると、私はもう送り迎えなしで一人で家に帰れるようになった。だから、父親と一緒に火曜日の夕方にスーパーに行く事は無くなった。

小学校は、幼稚園とは違っていた。毎日授業を受け、宿題も出る。校舎の大きさや人数も桁違いだ。すみれ組には二十人くらいしかいなかったのに、小学校では一クラス四十人はいて、いかにあそこが小さい場所か思い知らされた。何より私が特に気に入っていたのは図書室だった。本棚を埋め尽くす沢山の本に、心を奪われた。本にはそれまで私の知らなかった事が沢山書いてあって、それを一つ一つ知る度に、世界の全てを知ったような気分になった。その頃から父親と話す時間は段々無くなっていった。私が小学校から家に帰ると夕食を共にするだけで、すぐに父親は仕事現場へと戻って行った。その唯一の夕食の時間も、特に会話をする事はなかった。学校はどうだった、と聞かれ、普通、と答えそこで終わった。バタンと扉が閉まる音がして、父親が仕事へ行くと私は宿題を終わらせ、その後は図書室で借りて来た本を夜遅くまで読んだ。小さい頃はあんなに聴いていたCDプレーヤーも、今はもう埃を被っていた。朝起きて、机の上に置いてあるお弁当をランドセルに詰め、学校へと向かう。父親は最近になり仕事の時間を増やしたらしく、私が起きた頃にはもう仕事に出ていた。そんな生活を続け、私は小学三年生となっていた。いつものように学校から帰り、本を読みながら父親の帰りを待つ。しかし、その日は仕事が長引いているのか、なかなか父親は帰って来なかった。いつもなら私が学校から帰る時間に合わせ、遅くても午後六時までには家に帰って来ていた。しかし、いくら待っても一向に父親は帰って来なかった。午後七時を過ぎた頃、ドタドタとアパートの階段を駆け上がる音が聞こえ、その後チャイムが鳴った。父親から、家に一人の時は誰か来ても出ないように言われていた為、息を殺していたのだが、何度も何度もしつこく鳴らされるチャイムと、ドンドンと扉を叩く音に恐怖で涙が出そうになった。

「あかりちゃん、いるか⁉　俺だ！　澤木だ！」

その時、扉の向こうから知っている声が聞こえた。父親の仕事の同僚だ。

急いで玄関まで向かい扉を開けると、そこには息を切らしたおじさんが立っていた。

「おじさん、どうしたの？」

「今すぐ病院に来てくれ。お父さんが事故にあった」

「えっ」

「今さっき救急車で運ばれたんだ。とりあえず、下にタクシーを呼んだから乗って」

お父さんが……事故に――？

頭の整理が出来ないまま言われるがまま車に乗り込んで病院へと向かう。

不安で心臓がドキドキした。考えたのは、最悪な想像だった。

――もし、お父さんが死んでしまったら……。

怖くて怖くて涙が出そうだった。隣で、おじさんが私の頭を撫でた。

病院へと着き、ナースステーションで名前を言うと、看護師が病室へ案内してくれた。転がるように病室へと入ると、そこにはベッドに横たわる父親の姿があった。足を骨折しているらしく、右足が包帯でぐるぐる巻きだった。しかし、想像していたような悲惨な状況ではなかった。私の姿を見つけると、父親は起き上がって目を丸くした。

「澤木、お前が連れて来たのか？」

「あぁ、一大事だったから明里ちゃんも来た方がいいかと思って」

「そんな大袈裟だ。ただ落ちただけじゃないか」

「落ちたって、あの高さからだぞ⁉　それだけで済んだのが奇跡だ」

おじさんの話によれば、父親は仕事中足を踏み外し、足場から落ちたらしかった。あんな高いところから落ちるなんて下手したら死んでいた、というおじさんの言葉に、生きていてくれて良かった、と心から安堵した。

「明里」

父親が半泣きの私を呼んだ。

「悪かったな。心配かけて」

「お父さん……」

その途端、今まで我慢していたものが溢れて来て、泣きながら父親に抱き着いた。父親は私の背中を優しくさすった。

生きていてくれた事が何よりも嬉しくて、その時、これからはもっと父親に優しくしようと思った。

しかし、この父親の事故が、後に私の運命を大きく狂わせる事になる。

父親は大腿骨の骨折という重傷だった。

完治することはなく、リハビリで歩けるようにはなるものの、前と同じように歩くのは困難だ、というのが医者の見解だった。当然リハビリのため父親は仕事を辞めざるを得なかった。

当初、澤木のおじさんが私を預かると言ってくれたのだが、その申し出を断り、澤木さんの奥さんが週に二回ほど家を訪ねて面倒を見てくれる事になった。毎朝のお弁当も奥さんが作って持ってきてくれた。私は学校が終わるとすぐに病院へと向かい、父親の見舞いに行った。手術直後からリハビリは始まり、汗をかきながら必死に歩こうとしている父親は、とても辛そうだった。

仕事がないという事は、当然収入もなくなる。私の学費や生活費は貯金でなんとかやり繰りしていたが、そんな生活を続けるのも限界があった。事故から三カ月が過ぎる頃、貯金はもう残りわずかとなっていた。父親の様子も次第に変わっていった。顔つきが変わり、話しかけてもぼーっとしている事が多くなった。そして四カ月が過ぎる頃、父親は退院した。リハビリの甲斐あってか、日常生活に支障がない程度には歩けるようになっていたが、やはり歩きづらいようで、右足をいつも引きずっていた。そんな状態で前の仕事に復帰できるはずもなく、建築家になるという父親の夢は絶たれた。父親はいつもこう言っていた。いつか煙突のついた赤い屋根の大きな家を建てる、と。

「こんな小さなアパート嫌だろ、大きな家に住みたいよな?」と父親が尋ね、私が「うん!」と答えると父親はいつも嬉しそうに私の頭を撫でるのだった。足がまだ本調子ではなかったので、父親はしばらく職に就かない日々が続いた。医療保険と失業保険でまだ食いつないでいたが、問題はそこではなかった。退院してから二カ月、三カ月、四カ月と経っても、父親はなかなか職に就かなかった。もう足も大分治ってきていたと言うのに、夢を絶たれた事がよほどショックだったのか、頻繁に夜出歩いてはお酒を飲んで帰って来ることが多くなった。次第に帰る時間が遅くなり始め、五カ月を過ぎた頃には、深夜に泥酔して帰ってくる事など当たり前になっていた。私が学校から帰っても、父親は缶ビールを片手にテレビを観ていた。家は父親の飲んだビールの空き缶が至る所に散らばっていて、それを夜中に片付けるのが私の役目だった。

保険金も底を突き始め、生活に困窮すると私達は生活保護を受給する事となった。生活保護は、その名の通り生活を保護する為のお金で、生活していく上の最低限の額しか貰えない。大量のお酒を買うだけのお金はもう家に無かった。しかし、それでも父親はお酒を飲む事をやめなかった。そのせいで、生活費に回されるお金はごく僅かとなり、私はお昼ご飯をおにぎり一個で凌ぐしかなかった。毎日お弁当を届けにきていた澤木さんの奥さんも、父親が退院した事を知ると、それもやめてしまった。困った父親は、人からお金を借り始めた。そのお金でまた酒を買ってこいと私に頼んだ。人から借りたお金でお酒なんて……と思ったが、その頃の父親はなんだか怖くて、口ごたえする事は出来なかった。

やがて借りたお金が返せないと分かると、父親はあろう事かギャンブルに手を出し始めた。毎日パチンコ屋や賭場に出入りし、生活保護のお金は全てギャンブルに消えた。その頃から父親は苛立っている事が多くなった。父親の機嫌が悪い時は、大抵ギャンブルで負けた時だ。そういう時は話しかけないに越した事はないが、父親は酔っ払っているせいもあるのか何かと私に難癖をつけて文句を言ってきた。洗濯物の畳み方が雑だとか、皿に泡が付いていた、とかそんな些細な事で。その度に私はごめんなさい、と謝るしかなかった。ある日の晩だった。深夜、扉を勢いよく叩く音で目が覚めた。

何事かと思って様子を見に行くと、玄関に父親と、いかにも柄の悪そうな二人組が立っていた。私は本能的に危険を察知し、壁に隠れた。

「いつになったら金返してくれんだ？」

「すみません、来週中には返します」

「そんな事言って踏み倒す気じゃねえのか？　あ⁉」

そう言って、二人組のうちの一人が父親の腹に蹴りを入れた。思わず声が出そうになったのを手で押さえる。父親は床に倒れ込み、苦しそうな声を出していた。

警察を呼んだ方がいいだろうか……そうだ！　澤木のおじさんなら助けてくれるかも……。

私がそっと電話へと向かおうとした時、幸運にも二人組は引きあげる様子だった。

「来週中に返さねえとぶっ殺すからな！」

バタンと乱暴に扉が閉まる音が聞こえ、階段を降りていく音が消えると、私は父親に駆け寄った。

「お父さん！　お父さん！」

「なんで起きてるんだ……もう寝なさい」

そう言って父親は腹をさするとよろめきながら立ち上がった。

「あの人達は何なの？　殺すってどういう事？」

「お前は知らなくていい」

「借金があるんでしょ？　一体いくら借りてるの？」

「早く戻りなさい」

「でもお父さん！！！！」

「いいから戻れって言ってるんだ！！！！！！！！」

その瞬間、頰と身体全体に刺すような痛みが襲った。何が起こったのか分からなかった。しかし、目の前には息を切らした父親が私を見下ろしていた。その時、私は床に投げ出されたのだと気付いた。口の中に鉄の味が広がり、舌でなぞれば口内に傷が出来ていた。そして、床に投げ出されたのは父親が私の頰を殴ったからだと気付いた。

「お父さん……」

恐怖とショックで涙目になりながら声を震わすと、父親は何も言わず私の横を通り過ぎた。そこに、優しかった父親はもういなかった。父親は変わってしまった。その日から父親は苛立つ事があると私を殴るようになった。ギャンブルで負けた日はもちろん、私が夕食で野菜を残した、とか、テストでケアレスミスをした、とかそんな事で私に怒鳴り、叩くようになった。私が鼻血を出すと、汚いと言ってまた殴られた。しかし、父親は酔っ払っているくせに頭は回っているようで、他人の目から見えてしまう部分に暴力を振るう事はしなかった。しかし、度重なる暴力と、酒とギャンブルに消えるせいでまともな食事を与えられなかった日々は、私の身体を徐々に弱らせていった。そんな日々が続き、小学五年生となったある日、私は体育の時間に転んで怪我をしてしまった。保健室に運ばれ、目を開けるとそこには深刻な顔をした保健の先生がいた。

「明里ちゃん、この傷はどうしたの？」

そう言って保健の先生は私の腹の痣を指した。それは先日間違った種類の酒を買ってしまった事で父親に殴られた痕だった。

「なんでもないです。ぶつけたの」

「明里ちゃん、もし誰かにやられたなら……」

「違う！　本当に自分でやったんです」

保健の先生はまだ何か言いたそうだったが、そこで父親が迎えに来た。

「ちょっと待っててね」

保健の先生がそう言ってカーテンを閉めた。父親と先生は何かを話しているらしかった。何を話しているのか気になったが、二人は小さな声で話しているらしく、私のところからは聞こえなかった。やがて、話が終わったのか父親がカーテンを開けた。

「明里ちゃんを病院に連れて行って下さい。くれぐれも宜しくお願いします」

保健室から出る時、保健の先生が父親にそう言って頭を下げていた。

帰り道、父親は一言も話さなかった。

結局、父親は私を病院に連れていく事なく、そのまま私を家に帰した。家に着くと同時に、父親は玄関に置いてあった焼酎の瓶を壁に投げ付けた。ガシャンというガラスが砕け散る音に思わず耳を塞いだ。

「なんで怪我なんかしたんだ」

「あの……」

「俺が虐待でもしてるって疑われるじゃないか‼」

「ごめんなさい……お父さん……」

「黙れ！！！」

そう言って父親は私の腹を蹴り飛ばした。先日の傷もまだ癒えていないのに容赦なく蹴られ、痛みに生理的な涙が出た。その時、何があっても怪我だけはしてはいけないと強く胸に刻んだ。怪我をすれば、学校に父親がしている事がバレてしまう。そうなったら、もう父親とは一緒に暮らせなくなる気がした。どれだけ酷いことをされようと、父親の事は嫌いにはなれなかった。こうして辛いのは今だけで、耐えていればいずれ優しかった頃の父親が戻ってきてくれると信じていた。しかし、それは幻想だった。父親の暴力は無くならなかった。むしろ、日を重ねるごとに酷くなっていった。その時から父親は私にとって恐怖の対象でしかなく、いつまた父親の機嫌を損ねるのではないかと毎日怯えていた。ある日いつものように殴られている時、父親がボソリとこう言った。何故殴られていたのかは覚えていない。それよりも、言われた言葉の方が私にとっては重大な事だった。泣いて許しを乞う私を、父親は仇でも見るような目で見下ろし、吐き捨てるようにこう言った。

「お前さえ生まれなければ加奈子は生きていたのに」

加奈子とは、何度か父親の口から聞いていた、お母さんの名前だった。

噴水の前で微笑むお母さんの写真を思い出した。その時、父親はお母さんを死なせてしまった私を恨んでいるのだと気付いた。そう考えれば、父親が私を毎日殴ったり蹴ったりするのも合点がいった。父親からしてみれば、最愛の妻を亡くしたのだから当たり前だ。私は罰を受けて当然の身なのだ。それだけの事をしてしまったのだから。それから、父親がそこまで愛する私のお母さんはどんな人なのか気になった。父親がパチンコ屋に出かけた隙に、自分の部屋の奥に埃を被って眠っていたポータブル式のCDプレーヤーをそっと取り出してみた。小さい頃はよくこれでお母さんの好きだったというクラシックを聴いていたが、小学生に上がってからはすっかりほったらかしにしていた。手近にあったCDを手に取り、セットする。イヤホンを耳に差し込むと、ザ、ザ、という雑音の後、少しして綺麗なピアノの音色が聞こえてきた。それはとても優しい音色だった。お母さんはこの曲も聴いていたのだろうか。

一体どんな思いで私を産んだのだろうか。名前と、写真でしか見たことのないお母さんに、私を産んだせいで死ぬ事になってしまって、申し訳ない気持ちでいっぱいになった。

＊

その日の夜は近年稀に見る豪雨だった。

窓ガラスに叩きつけられる雨音が激しく、ガラスが割れてしまうのではないかと思った程だ。私は昼間に取り込んだ洗濯物にアイロンを掛けていた。その時、玄関からバタンと音がした。時計を見ればまだ七時前だった。父親がこんな早い時間に帰ってくるなど珍しい。もしかして、ギャンブルで勝ったのだろうか。

そんな事を思っていると、ドンと私のいる寝室のふすまが開けられた。そこにはびしょ濡れの父親が立っていた。

酒のにおいが辺りに充満し、焦点の定まっていない目からも、大分酔っ払っているのだと窺えた。

「お父さん……とりあえず身体を拭いて」

「うるさい！！！」

そう言って父親は私の差し出したタオルを踏み付けた。今日はすこぶる機嫌が悪いようだった。今にも倒れそうになっている父親を支えながら、一体いつまでこんな事に付き合わなければいけないのかとうんざりした気持ちになった。

「お前なんだその目は。馬鹿にしてるのか？」

私の視線に気付いたのか、父親が私をキッと睨んだ。

「そんな……馬鹿になんて……」

「お前も俺を見下してるんだろ!! ダメな親父だって思ってるんだろ!!」

「そんな事ないよ……」

「嘘をつくな！！！！」

そう言って父親は私を殴った。もう何回も繰り返される暴力にも慣れてしまっていた。私は何も言わなかった、何も言わないで耐えていれば、飽きた父親は解放してくれると知っていたからだ。しかし、その日の父親はいつもと違っていた。私に馬乗りになり、何度も何度も殴ってきた。顔と身体に激しい痛みを感じ、口の中には血が流れた。

「お父さん……やめ……」

頭を腕で覆っても、父親はその上から容赦なく殴ってくる。やがて、殴る事に飽きたのか、今度は私の首を両手で絞め始めた。今まで経験した事のない暴力に驚いたのと、苦しさから解放されたい一心で私は禁忌を犯してしまった。初めて父親に抵抗したのだ。私は父親の手に思いっきり噛み付いた。結果として驚いた父親は手を離し、私は息苦しさから解放される事となったが、その後の父親の反応は火を見るより明らかだった。逆上した父親は先程まで私が使っていたままだスイッチの入ったアイロンを手に取ると、私の顔に押し当てた。

*

その時の事はあまり覚えていない。目が覚めると私は病院のベッドの上で、父親はどこにもいなかった。

しばらくして、能面を貼り付けたような顔をした男女二人が私のもとへやってきて、これからは東京から離れ、祖母の家で暮らす事、私がされていたのは虐待という卑劣な行為だという事を教えられた。虐待。聞いた事はあっても、自分がそれに該当するとは思わなかった。初めて会う祖母は、とても優しかった。しかし、自分の息子が虐待をしていたという事に引け目があるのか、腫れ物に触るかのように私を扱った。でも、東京のほこりくさい空気と違って、近くに海があるこの街を私は気に入った。自室の窓を開けるとかすかにただよってくる潮の匂い。それが好きだった。転校先の学校では、すぐに嫌がらせをされた。しかし、小学生がする嫌がらせなどたかが知れていて、父親にされていた事よりかはマシだった。父親が私に残したのは、消える事のない顔の痣だった。外に出れば皆化け物でも見たかのような顔で私を見る。しかし、私の心は父親に初めて殴られたあの日の夜から、死んでしまったようだった。中学生になり、小学生の嫌がらせはいじめへと変化した。しかし、馬鹿にされるのも、叩かれるのも慣れていたから特に苦しい思いをする事はなかった。いつから私はこんなに感情が薄くなってしまったのか。しかし、その事を悲しいと思う心すら失われていた。中学二年生となっても、私の生活に変化など起こらないと思っていた。しかし、始業式の日だった。その時は祖母が庭いじりをしていて腰を痛めてしまった為、私がご飯を作っていたのだが、慣れない料理に切り傷が絶えなかった。環境班に割り振られ、班ごとに自己紹介がてら挨拶をしていると、隣に座っていた男子生徒が私の指を見たのか、絆創膏を差し出してきた。

「えっ」

「使っていいよ」

誰かに絆創膏を渡されたのは初めての事だった。それよりも、私にとっては怪我をしているのに殴られない事の方が衝撃だった。渡された絆創膏を指に貼ると、なんだか指先がじわじわと温かくなった。その絆創膏を渡した相手が、香穏だった。香穏は、私を顔に痣があるから、という理由で差別する事はしなかった。

彼は私を一人の人間として対等に扱った。父のように私を痛めつける事なく、病院にやって来た児童相談所の能面みたいに同情の目を向ける事もなく、ただの生田明里として見てくれた。だから、あの夜彼から電話がかかってきた時、すぐに彼の元へと向かった。その日はあの日の夜のように雨だった。顔の痣が疼くのを感じながら、私は雨の中を駆けた。

＊＊＊

「今日も一日頑張ってください」

「ありがとう」

富樫はそう言うと、店員からブラックコーヒーを受け取った。会社の近くのファストフード店で、朝は一杯無料だというコーヒーを貰ってから出勤するのが日課だった。コーヒーだけ貰うのもなんだか気が引けたが、新米刑事の懐はそんなに温かくない。貰えるものは貰っておくべきだ。出勤すると、なんだか署内が騒がしい。皆慌ただしく行ったり来たりしているし、あちこちで電話の音が鳴っていた。その尋常ではない様子に何か新しい事件だろうかと、富樫は自分の所属する刑事課に入った。中に入り、先輩である本田部長に声をかけた。

「本田さん、一体どうしたんですか。朝からこんなに騒がしいなんて」

「富樫！　お前今までどこ行ってた！　ずっと待ってたんだぞ」

中に入るなり浴びせられた大声に思わず背筋が伸びる。

「すみません……」

部長は富樫を見て一つ大きくため息をつくと、富樫の持っていたコーヒーを奪い、口をつけた。一体何があったのかと早く聞きたい気持ちを抑え、部長の言葉を待つ。

一気にコーヒーを半分以上飲み干した部長は、ふぅ、と息を吐くと、眉間にシワを寄せながら口元を拭った。

「例の新田結愛殺人事件の新しい証拠が見つかった」

富樫は目を見開いた。それは刑事課が今必死で追っている事件だった。

「川を捜索してた連中が見つけたらしい」

「って事は犯人を捕まえる手掛かりになりますね」

富樫がそう言うと、それまで仏頂面だった部長が蜂に刺されたみたいに大声を上げ、手でドンドンと机を叩いた。

「犯人だ犯人！　その犯人が昨日自首してきたんだ！！！」

「えっ⁉」

今度は富樫が大声を上げる番だった。

新田結愛殺人事件とは、未だ未解決のままで、警察が血眼になって犯人を捜している事件だ。富樫も事件が起きてから毎日のように聞き込みの為に現場へと向かった。しかし、母親の通報が遅かったのと、人通りも少ない場所だったため目撃情報もなく、犯人は一向に見つからなかった。このままいけば、迷宮入りとなりそうな事件だったのに、どうして一カ月も経った今犯人が自首してくるのだろう。

「とにかく、行くぞ」

「はい！」

部長に渡された空の紙コップをゴミ箱に投げ入れ、富樫は急ぎ、部長の後に続いた。

＊

聞き込みの為すっかり通い慣れてしまった街の空気は、相変わらず澄んでいた。東京から離れ、海と山が近くにあるこの街は非常に環境が良い。

どうにもこの街は環境に優しい街づくりのモデル市のようだった。子育てをするには最適の場所だ。しかし、そんな穏やかな街で殺人事件が起きるなど、誰も予想していなかっただろう。

集まる野次馬を掻き分け、規制テープをくぐると、富樫は河川敷に足を踏み入れた。被害者が発見された場所だ。午後十時四十三分。警察が川の中に浮いている結愛ちゃんを発見。水から引き上げた時にはもう息はなく、当初は水死かと思われたが、検視の結果頭部に殴られたような痕があった為、警察はこれを誘拐殺人事件と判断した。その後結愛ちゃんの通う小学校の近くで結愛ちゃんのランドセルが発見された事から、犯人は結愛ちゃんを下校途中連れ去った後殺し、川に死体を遺棄したというのが警察の当初の見解だった。犯人はすぐ見つかるだろうと思ったが、捜査は困難を極めた。通報時間が遅かったから、というのも理由だった。母親は、お友達の家で遊んでいるのかと思った、と証言した。その日は皮肉にも、結愛ちゃんの誕生日だったのだ。

「それで、新しい証拠ってなんなんです？」

「見れば分かる」

そう言って部長は鑑識からある物を持って来させた。

「トートバッグ？」

そこには、うさぎがプリントされた可愛らしいトートバッグが、川の泥に汚れ、茶色く変色していた。

「そうだ。これが川の中で見つかった」

「おかしいですね。ランドセルは小学校の近くで見つかったのに。確かにこれは被害者のものなんですか？」

「ああ。間違いない。母親が誕生日に買ってやったものだと証言した。どういう事か分かるか？」

「考えられる推測は二つあります。一つは、犯人が死体を遺棄した時一緒に川の中に捨てた。しかしこれは考えにくいでしょう。ランドセルは放っておいて、トートバッグだけ捨てるなんて変です」

「二つ目は？」

部長にそう聞かれ、富樫は息を短く吸うと、答えた。

「もともと殺人現場は他ではなく、ここだったのではないかという事です」

富樫がそう言うと、部長は険しい顔を更に歪ませた。

「その通りだ。ここで殺したと犯人が証言した」

「そうなんですか⁉　一体何故今になって……」

「それは俺にも分からん。ただ、自首して来たのは近所の中学生らしい」

「えっ⁉」

富樫は目を見開いた。中学生が殺人を犯すなど到底信じられなかった。

「どういう事ですか、その中学生は何者です？」

「ああー！　俺にも何がなんだかさっぱり分からん！」

部長はそう言って頭をかいた。

「その子に会うことは出来ますか？」

「上の人間がとっくに本部に連れて行った。今頃取り調べ中だ」

「今すぐ戻りましょう」

「は？　戻ってどうなるんだ」

「直に話を聞くんです」

来たばかりの道を引き返す。部長はズンズンと進む富樫の後を呆れたような顔をして追って来た。富樫はいてもたってもいられなかった。今すぐにその中学生に会って話を聞きたかった。

自分がこの一カ月、血眼で捜していた犯人がこうも簡単に捕まるなど、なんだか腑に落ちなかった。東京へと向かう新幹線の中で、横に流れる景色を見ながら、富樫は言いようのない胸騒ぎがしていた。

数時間ぶりに戻ってきた東京は、空気が淀んでいるのが分かった。普段は毎日ここで暮らしているため慣れてしまっているが、あの街の澄んだ空気を味わった後ではやはり違う。排気ガスのにおいや下水道のにおい、道路に誰かが吐いた跡。そのどれもが、鼻がもげるんじゃないかというくらい臭くて、富樫は思わず息を止めた。本部の様子も慌ただしかった。何より、警察総出で追っていた事件の犯人が見つかったのだ。上層部はさぞかし安心している事だろうと富樫は思った。この事件で、警察の威信は失墜していた。

犯人を逮捕できない警察を、世間は無能だと言って散々叩き、マスコミは毎日のようにテレビで母親が泣いているシーンを取り上げ放送した。昼夜問わず何件も苦情の電話が入り、対応しているオペレーターを可哀想に思った程だ。しかし人間とは移り気の早い生き物らしく、何週間か経てばテレビで結愛ちゃんの事件が報道される事は少なくなった。今では有名芸能人の不倫ニュースの方が世間の注目を浴びている。

「ツイてたな」

「何がですか？」

「犯人が自首してくれて。これで警察の面子も少しは回復できたってもんだ」

「そうですけど……」

「またマスコミがわんさと来るぞ。あいつら最近はすっかり顔を見せなかったくせにこういう時だけ餌を与えた鳩みたいに来やがるんだ」

部長はそう言って忌々しげに舌打ちをした。

「ここだ」

部長が外に立っていた警察官に手帳を見せ、取り調べ室に入ると、マジックミラーとなっているガラスの向こうに一人の少年が椅子に座っているのが見えた。

「あの子ですか？」

「そうだ」

「ここで見ていても？」

「いや、お前が取り調べろ」

「僕がですか？」

「話を聞きたいと言って飛んで戻ったのはお前じゃないか」

「ですが……」

「いいから行け」

部長に書類を手渡され、取り調べ室の入り口へと背中を押される。犯人を取り調べるなど初めての事だ。

扉の前で深く深呼吸すると、富樫はノックをしてから中へ入った。

その少年は、富樫が入ってきても何も反応する事なく、ただ机を見ていた。

部長の言う通り、まだ顔つきは中学生らしい幼さが残っていた。

富樫はゆっくりと反対側の椅子に腰掛け、目の前の書類に目を通した。

部長から渡された犯人の情報だ。

「君が遠藤里聖くん？」

そう言うと、遠藤は目線だけこちらに寄越した。しかし、ちらりとこちらの顔を確認すると、すぐにまた目線は机の上へと戻った。

「中学二年生だね？」

遠藤は何も答えない。

「お父さんとお母さん、中学一年生の弟が一人、小学二年生の弟が一人の五人家族。間違いないかい？」

遠藤はやはり何も答えなかった。やはり聞いていた通り手強い。部長から東京に向かう途中の新幹線で聞いた遠藤の話を思い出した。遠藤は中学校でも手の付けられない問題児だったらしく、四月にも学校の窓ガラスを割って停学処分となっていた。補導経験も何度かあり、それが理由なのか、周りからは孤立していた、と聞いた。目の前の遠藤は無表情に机を見つめるだけだった。

富樫は、早速本題に入る事にした。

「昨日の夜、近所の交番に出頭したそうだね」

「……」

「君が下校途中の結愛ちゃんを河川敷まで誘い出し、襲おうとしたが声をあげられたから突き飛ばした。そうしたら動かなくなった。間違いないかい？」

「あぁ、間違いない」

そこで遠藤はようやく口を開いた。

その声はとても淡々としていて、何を考えているのか分からなかった。

「トートバッグも君が？」

「……」

「何故トートバッグだけ川に捨てて、ランドセルは放っておいたんだい？」

「犯行場所があそこだとバレないようにするためだ」

「じゃあランドセルをあそこに置いて行ったのはわざと？」

遠藤は頷いた。

「何故今になって自首してきたの？」

「……」

「遠藤くん、本当に君が殺したのかい？」

「刑事さん、俺はどうなるんです？　死刑ですか？」

その時、ずっと表情を崩さなかった遠藤の目が変わった。富樫の目を真っ直ぐに見つめてきた。その目はどこか挑発的だった。

「君の言っている事が本当なら、少年院に行く事になるね」

「なんだ。その程度か」

「それは一体どういう意味？」

しかし、それ以降遠藤は何を聞いても富樫の問いに応えることはなかった。

取り調べ室から出てきた富樫に、部長は肩に手を置くとポンポンと叩いた。

「不良生徒が殺人とは一体親は何をやってたんだか」

「部長、何かがおかしいです。本当に遠藤が殺したんでしょうか」

「決まりだろ。隠していたトートバッグが出てきたから焦って自首してきた。大方そんなところだろう」

「でも彼は犯行現場を撹乱する為にわざわざランドセルを遠くに捨てに行ったんです。トートバッグだけ川に捨てるなんてそんなミスするでしょうか」

「言われてみればそうかもな……」

「部長、この件は今一度よく調べ直した方がいいです」

富樫は、どうにも遠藤が犯人ではないような気がしてならなかった。部長に言った通り、警察を騙せる程の頭脳がある一方、証拠を遺体と共に川に捨てるなど、愚かな真似をするだろうか。それに、一カ月も経って自首して来たのも何か変だ。何より、遠藤が先程言った言葉と挑発的な目が、どうにも引っかかっていた。しかし、富樫のそんな思いを跳ね除けるかのように、驚くべき事が起きた。

遠藤が結愛ちゃんに声をかけるところを見たという目撃情報が出て来たのだ。

それを証言したのは、遠藤と同じクラスの生田明里という女子生徒だった。

そこで初めて富樫は二人の通う中学校へと足を踏み入れた。校舎の入り口の大きな木と、きちんと管理されている花壇は、この環境に優しい街のお手本のようだった。校長室に担任と共に入ってきた生田を見て、富樫は思わず目を見張った。彼女は、右腕を三角巾で吊り、顔は赤く腫れていた。しかしそれよりも目に付いたのは彼女の顔の右半分を覆う痣だった。彼女の白い肌が、余計にその赤黒い痣を目立たせていた。前に座った彼女に、富樫は恐る恐る声をかけた。

「君が生田明里さん?」

「はい」

鈴の音のように繊細な声だった。しかし、思っていたよりはっきりと返された返事に、富樫は背筋を伸ばした。

「今日は聞きたい事があって来たんだ。

遠藤里聖くんは知ってる？」

「はい」

「君が下校途中の結愛ちゃんに遠藤くんが声をかけているのを見たって聞いたけど、それは本当？」

「本当です」

「それはどこで？」

「商店街のパン屋の前です」

確かに、そこは結愛ちゃんが下校の際通る道で、生田の言動にも何ら不自然な点はなかった。

「どうして今まで黙ってたの？」

「ごめんなさい」

「責めてるわけじゃないんだ。ただどうして今になって言う気になったのかと思って」

「怖かったんです。この事を言ったら私まで殺されそうな気がして。でも、遠藤くんが警察に捕まったと聞いて、言う事を決心しました」

「そうか……」

聞き取りを終え、校長室から出る時深くお辞儀をした彼女は、とても真面目そうに見えた。

校長室に残ってもらった担任に、富樫は質問した。

「彼女と遠藤は親しかったんですか？」

「いえ、話しているところは見た事ありません。彼女も、彼とは話したことがないと言っていました」

「彼女のあの怪我はどうしたんですか？」

「どうも階段から落ちたらしく……。普段は凄く真面目なんですが、おっちょこちょいなところが短所でして……」

「では顔の痣は？」

「彼女の父親によるものです」

「どういうことですか？」

「彼女の母親が元々虚弱体質だったらしく、彼女を産むとすぐ亡くなったそうで……」

「それとあの痣にどう繫がるんです？」

「彼女の父親、ええとつまり、シングルファーザーとなったのですが、どうにも酒癖が悪く彼女に虐待をしていたそうで……。その時に出来たものだと彼女の祖母が話していました」

一体どんな暴力を振るったらあんな酷い痣が出来るのだろうか。彼女の境遇を聞き、富樫は同情した。

生田の目撃情報が出た事で、警察はますます遠藤への疑いを強めていった。しかし、生田の話を聞いても、納得するどころか違和感が増していくばかりだった。

「部長、上になんとか言ってください！

遠藤が黒で決まりなんですか？」

「早く犯人を逮捕したくて仕方ないんだよ。マスコミもまた馬鹿みたいに騒ぎ立ててるだろ？

これで逮捕できなかったら警察の面目は丸潰れだ」

「でもそれで誤認逮捕なんかしたらもっと大事になります！　生田の証言だってまだ確証はないのに……」

部長は苦い顔をするだけで何も言わなかった。

その時だった。部屋に慌てた様子で人が駆け込んで来た。

「部長‼　部長‼」

「どうしたんだ騒々しい」

「凶器が見つかりました！！！」

「なに⁉」

富樫が大声を上げ椅子を勢いよく立ち上がったものだから、凶器が見つかった衝撃よりも、部長はその事の驚きの方が先に来たようだった。

急いで凶器が見つかったという神社の裏に行くと、鑑識が差し出した証拠品のゴミ袋の中には、大量の石が入っていた。

その中の一つに、付いてから相当時間が経ったと思われる血の付いた石があった。急いで鑑識に回してもらい、結果が出るまで本部で待機した。

驚く事に、神社の裏に凶器があると証言したのは遠藤本人だった。

遠藤の証言通り、被害者を突き飛ばした時に頭を打ったという石は見つかり、目撃情報も出ている。何より本人が自白している。これでもし石に付いている血が被害者のものと一致すれば、言い逃れは出来ないだろう。

「おい、うるさいぞ」

「えっ」

「それやめろ」

部長は眉を潜めながら富樫の足元を顎でしゃくった。その時、自分が貧乏ゆすりをしている事に気付いた。

「出ました!!」

ようやく駆け込んできた鑑識から紙を奪い、急いで結果を確認する。そこには、「Matching（一致）」と書かれていた。

「おい、富樫！」

後ろから聞こえる部長の声を無視し、富樫は足早に取り調べ室へと向かった。

紙を目の前に差し出しても、遠藤は表情一つ変えなかった。

「ここに書いてある文字が読めるね？」

「……」

「君が証言した通り神社の敷地から埋めてあった石が発見された。そこに付いていた血も被害者のものと一致した」

「……」

「遠藤くん、本当に君なのか？　君が河川敷まで誘い出したのか？」

「……」

「このままだと君は本当に殺人者になる。今ならまだ間に合う。本当の事を言ってくれ」

「俺が殺した」

富樫の言葉に、間髪を容れず彼は答えた。

その声に躊躇いは無かった。

証拠品まで見つかった事で、彼は新田結愛殺人容疑で逮捕された。

彼には精神鑑定と、事件が凶悪な事から少年院で過ごす事が義務付けられ、その行動は制限される事となった。その事を遠藤に伝えると、彼は驚くべき事に笑った。クスクスと。

いたずらを考える子供のように。

「惜しいなあ。あと一年早ければ無罪だったのに」

その顔が微塵も惜しくなど思っていない事が富樫にはかえって恐ろしかった。

マスコミは思い出したかのようにまた結愛ちゃんの事件を取り上げ始めた。

『戦慄！　穏やかな街で起こった恐怖。不良少年の心の闇とは』

大きくそう書かれた新聞の見出しを見ると、富樫の肩はズシリと重くなった。

遠藤の家族も酷いバッシングを受けた。どこから情報が漏れたか分からないが、遠藤の名前も、住所も、電話番号もネットで検索すればすぐに出てきた。一体何故殺人を犯すまで息子をほったらかしにしていたのだ、と、世間の怒りの矛先は遠藤の親へと向かった。遠藤の家の前には一日中マスコミが待ち構えていて、家族は表に出てこられないようだった。富樫が呼び鈴を押し、警察のものだと名乗ると、中からやつれた顔の女性が出てきた。化粧をする余裕もないのか、髪は乱れ、落ち窪んだ目から、大分追い詰められているようだと察した。

紅茶を出され、ソファに座った時、やけに家が静かな事に気付いた。尋ねると、残った二人の息子は遠方の祖母の家に預けている、と母親は言った。確かにこれだけ騒がれてしまっては、下の兄弟は学校に通う事すら難しいだろう。

「一体何のご用でしょうか」

「里聖くんの事ですが……」

「その話は聞きたくありません。警察で全てお話ししました」

「お母さん、私は里聖くんが殺人を犯したとはとても思えないのです。私は真犯人は別にいるのではないかと思っています」

「たとえそうだったとしても、あの子のせいで私達家族はバラバラになりました。夫は仕事をクビになり、下の弟達は転校までする事になりました。もう二度とこの街には戻ってこれないでしょう」

「ですが、無実の罪で息子さんが逮捕されたかもしれないんですよ!?」

「息子ではありません」

「いくらなんでもそれは……」

「あの子はうちの家の子じゃないんです」

「はっ？」

「あの子が生まれてすぐ、私たちの元に引き取りました。まさかそれがこんな事になるなんて……」

富樫は、家から出る時、ここに来た時よりも更に暗い気分になっていた。

「一体母親と何を話していたんですか？」

「少年を実名で報道するべきです！」

「亡くなった結愛ちゃんに対して謝罪の言葉はないんですか？」

「遠藤は悪魔だ！」

群がるマスコミの声が、何度も何度も頭の中で反響した。

＊　＊　＊

自分が養子であると知ったのは小学四年生の時だった。しかし、その事実を知った時、ショックよりも今まで感じていた違和感がストンと落ちたように感じた。今まで、何故自分はこの家の子供なのかと疑いの気持ちを持って生きてきた。何故弟のように賢くないのだろうかと。何故弟のように愛されないのだろうかと。何故自分は弟と違い、何一つ出来ないのだろうかと。

しかし、それも俺がこの家の子供ではないという事で、全て納得がいった。

思い返せば、自分が養子かもしれないという予兆はいくつかあった。例えば敬老の日、学校で自分のおじいちゃん、おばあちゃんに手紙を書こう、という宿題が出されたのだが、俺は祖父母に会った事も、写真を見た事もなかった。家に帰って、両親に宿題が出された事を言えば、両親は「里聖のおじいちゃんとおばあちゃんは遠くにいて今は会えないんだ」と言った。「じゃあ手紙だけでも書く」と俺が言うと、両親は困ったような顔をして、「手紙は書かなくていい」と言った。それじゃあ宿題を出さなかった俺が怒られてしまうではないかと不満だったが、何故か先生に怒られる事はなかった。周りの子がそれぞれ祖父母に宛てて書いた手紙を発表している中、俺だけがそれを免除されたのだ。

今思えば明らかに不自然なのだが、当時の俺は先生に怒られなくてよかった、と呑気な事を考えていた。

俺が一歳の時、光輝が生まれた。その時の事はよく覚えていないが、小さいながら、ベビーベッドに寝かせられている小さな手を握った瞬間、俺はこの生き物を守ってやらねばと兄としての責任を感じた。光輝と俺は歳が一歳しか違わなかった。だから、幼稚園も同じ場所に通っていた。俺が年中組になった時、光輝が幼稚園に入園し、初登園で不安そうにしている光輝に、幼稚園は楽しいぞ、と広い庭にあるブランコの話や、遊びの時間に泥だんごを作る話などをして安心させてやったのを覚えている。それでも、初めての場所に光輝はやはり不安なようで、幼稚園に着いても俺の後にぴったりとくっついていた。中に入ると、同じ年中組の子達が早速周りに集まってきた。

「その子だれ？」

「弟」

「弟いたんだ！　名前は？」

俺の後ろに隠れていた光輝の背中をそっと押してやる。光輝は不安そうにこっちを見た。俺が頷くと、光輝は前に向き直り小さな声で名乗った。

「こうき」

「よろしく！　こうきくん！」

光輝は恥ずかしそうにもじもじ手を動かしていた。年少組の教室に入っていく光輝を大丈夫だろうか、と見送る。光輝は人見知りなところがあった。初対面の人には口を利かなかったし、公園で近所の子が遊んでいるのを遠くから見ているような子供だった。

「こうきくんかわいいね」

同じ年中組の子に言われ、俺は自分が褒められているわけでもないのに嬉しかった。光輝が幼稚園で困った事があれば、なんでも助けてやろうと思った。

母親は毎朝俺と光輝をママチャリに乗せて幼稚園へ送ってくれた。光輝が前、俺が後ろだ。俺は毎回足置きから足を離し、ブラブラ揺らすのが好きだった。母親には危ないと怒られたが、そうすると風の中を走っているようで気持ちが良いのだ。幼稚園に通い始めて一カ月が経った頃、光輝はもう幼稚園には行きたくないと言い始めた。やはり、人見知りな性格が災いしてか、あまり馴染めていないようだった。しかし、母親はそれ程大事には考えていないらしく、そのうち慣れるだろうと嫌がる光輝に服を着せ、幼稚園に通わせた。幼稚園が終わる頃迎えに来た母親は、また行きと同じように俺と光輝をママチャリに乗せた。しかし、行きと違い、今度は俺が前。光輝が後ろだった。毎回どっちが前に座るかで揉めていたのだが、話し合いの結果代わりばんこに座る事にしたのだ。帰り道、幼稚園で作った紙飛行機を片手に鼻歌を歌っている俺と反対に、光輝の表情は暗かった。

幼稚園から帰ると、母親は俺と光輝を地域の子供を預かってくれるという施設に預け、仕事に行くのが常だった。

父親はサラリーマンだったが、役職はそこまで高くないらしく、父親の給料だけでは生活が苦しいらしかった。しかし、その事に俺は特に不満は感じていなかった。その場所には、俺と光輝と同じように、親が共働きをしている子供達が沢山いたからだ。だから、それが当たり前だと思っていた。幼稚園と違っていたのは、その場所にはクラスなどがなく、様々な年齢の子がごちゃ混ぜになっているという点だった。中にはまだはいはいをしている子もいたし、俺より歳上の、幼稚園で言えば年長組に入る子もいた。

そこではなんでも自由に過ごしてよかった。本を読んでも良いし、絵を描いてもいいし、外で遊んでもいい。

幼稚園でやらされる、俺の嫌いな歌の練習などもなかった。だから幼稚園よりも俺はこっちの場所の方が好きだった。俺が周りと交じって庭で鬼ごっこをしている間、光輝は隅のベンチで本を読んでいた。一度、一緒に交ざらないかと誘ったのだが、光輝は本を読んでいる方が好きだと言って輪に交ざろうとはしなかった。ある日の事だった。いつものように幼稚園から帰り、預かり所で遊んでいた時、いつもベンチに座っている光輝の姿が無いことに気付いた。何か不審に思い、庭を見回してみてもどこにも光輝はいない。もしかして、勝手に帰ってしまったのだろうか。だとしたら一大事だ。

俺は建物の中や外を必死に捜した。そして、庭の裏でようやく光輝を見つけたと思ったら、光輝は泣いていた。光輝を、年長組の割と体格のいい奴が睨んでいた。

「お前いっつも暗くてきもちわるいんだよ」

「男のくせにそんな絵本なんか読んで」

「なんとか言えよ」

光輝の足元には、光輝がいつも大切に読んでいた絵本が落ちていた。踏みつけられたのか、土で汚れている。

「お前なにしてるんだよ！」

「あ、やばい見つかった」

俺が出て行くと、そいつは舌をペロリと出した。

「こうき、大丈夫か？」

光輝は目を真っ赤にして、怯えていた。

光輝を虐めた奴が許せなくて、途端にメラメラと腹の底が熱くなるのを感じた。

「お前の弟きもちわるいな」

「なに？」

「男のくせに泣くとかだっせー」

自分より歳上の、しかも体格のいい奴に歯向かうのは勇気のいる事だった。しかし、その時は怒りの気持ちの方が強く、俺はそいつを思いっきり突き飛ばした。

そいつは地面に尻餅をついた。体格の良いそいつが思ったより簡単に倒れた事に拍子抜けした。

「なにすんだよ！」

しかし、そいつは立ち上がると俺の服を掴んで引っ張り、地面に押し倒した。俺もそれに負けないようにそいつの服を引きちぎれるんじゃないかというくらい強く引っ張った。一歳歳下というだけでも不利なのに、そいつは見た目通り力が強く、俺はそいつに馬乗りになられてしまった。何とか抵抗しようとそいつの頬を引っ掻いたり、髪の毛を引っ張ったりした。取っ組み合いの喧嘩をしている俺達に光輝はすっかり怯えているようで、おろおろするだけだった。

結局、その場に駆け付けた職員によって喧嘩はやめさせられた。迎えに来た母親は俺の姿を見ると息を呑んだ。

「お宅の息子さんがうちの息子に暴力を振るったそうなんですがね」

いかにも偏屈そうな顔をした男が、腕組みをしながら母親にそう言った。

「申し訳ありません……治療費はこちらが負担致します。ほら、里聖も謝りなさい」

喧嘩を売ってきたのは向こうなのに、何故うちがそいつの治療費を負担しなければいけないのか不満で黙っていると、母親が声を張り上げた。

「里聖！　謝りなさい！」

その鬼のような剣幕に、渋々ごめんなさい、と言うと、男は「くれぐれも頼みますよ。こちらも大事にはしたくないんでね」と言って、息子を連れて帰って行った。まだ職員と話がある、と母親は奥に引っ込んでしまった為、俺と光輝は室内で待たされた。

「お兄ちゃん、ごめんね」

光輝が申し訳なさそうにそう言った。

「いいんだ。お前は悪くない」

自分の力が無いばかりに、光輝を守ってやれなかった事が悔しかった。

「でもありがとう。お兄ちゃんが助けに来てくれた時嬉しかった」

「当たり前だろ。俺たちは兄弟なんだから」

俺に、俺にもっと力があれば。

そうしたら光輝を守ってやれたのに。

やがて奥の部屋から出てきた母親は、何度も職員に頭を下げると俺と光輝を連れて外に出た。

母親は明らかに機嫌が悪かった。

「この事はお父さんとよく話し合うから」

そう言って、スタスタ歩いて行ってしまう。隣で光輝が申し訳なさそうに俺を見た。大丈夫だ、という意味を込めて大きく頷いて見せた。すると光輝は安心したような顔をした。

たとえ父親と母親に叱られる事となっても、俺にとっては大事な弟の安全の方が大切だった。

今後も、誰かが光輝を虐めるような事があれば守ってやろうと思った。

光輝がピアノをやりたいと言い始めたのは、光輝が年中組に入った年だった。

元々俺が習っていたのを見て、興味が湧いたらしい。俺は椅子にじっと座っているだけのピアノが大嫌いだったのだが、俺が幼稚園に入園してすぐにピアノ教室に通わされたのだ。早速、光輝も俺と同じピアノ教室に通う事になった。

　あんな退屈なものをやりたがるなんて光輝も変わってるな、と思っていたが、光輝はすっかりピアノに夢中のようだった。光輝は驚くほどメキメキと才能を開花させていった。俺が一年かけてようやく弾けるようになった曲をたったの一カ月で弾けていたし、俺が苦手とする暗譜も難なくこなしていた。ピアノ教室の先生も、光輝の才能に驚いているようだった。

「光輝くんは凄いです！　もっと練習させてあげるべきです！」

　ピアノ教室の帰りに俺と光輝を迎えに来た母親に先生がそう言っているのを聞きながら、俺は何とも言えない気持ちになっていた。自分の方が先に習っていたのにこうもあっさりと抜かされてしまうなんて、悔しくないと言ったら嘘になる。

　母親は光輝をピアノ教室に通わせる回数を増やした。その分、光輝はあの預かり所に行く事が少なくなった。俺は光輝がピアノを習っている間、一人であの場所に行かなくてはならず、寂しく思った。

　しかし、ピアノを習い始めてから光輝は変わった。あれだけ人見知りだったのに、褒められた事で自信がついたのか近所の人に挨拶されれば丁寧に返事をしていたし、行きたくないと言っていた幼稚園も、文句を言う事なく通うようになった。やがて、幼稚園で友達も出来たらしく、楽しそうにしている様子を何度か見かけた。

　これなら俺が幼稚園を卒園しても上手くやっていけそうだな、と俺は安堵していた。俺が小学一年生となった年、春彦が生まれた。新しく出来た弟に、俺は素直に喜んだ。光輝は初めての弟で戸惑っていたようだが、俺はこの家の長男なのだから、しっかり下の弟二人を守ってやらねば、とより一層責任感が湧いた。

小学校は幼稚園や預かり所と違い、とても大きかった。同い年の子が、わんさと集まっているのだ。最初はその事に慣れなかったが、初めてのテストで良い点を取った時は嬉しかった。その事を母親に報告しようと丸がたくさんついたテスト用紙を持って帰り母親に話しかけると、母親は「忙しいから後にして」と言って中に引っ込んでしまった。母親はまだ幼い春彦の世話や、光輝のピアノ教室の月謝代のやりくりで忙しいらしく、俺に構っている暇は無いようだった。しかし、初めての運動会は家族揃って見に来てくれた。その事がとても嬉しかった。父親は仕事を休んでまで来てくれた。

俺は一年生のリレーの選手に選ばれていた。リレーは、運動会の競技の中でも特に盛り上がる種目だ。周りから歓声が上がる中、遠くの方にレジャーシートの上に座る家族が見えた。俺が見ている事に気付いたのか、光輝がブンブンと手を振った。麦わら帽子を被り、春彦を手に抱いている母親が小さく手を振った。父親はハンディカメラを手にしながら同じように俺に手を振った。家族にカッコいいところを見せたい、という気持ちで、俄然やる気が出てきた。

結果、俺のチームは優勝した。金メダルを手に家族の元へ駆け寄ると、父親はカメラを放り出し、「凄いぞ！　里聖！」と俺を抱きしめ持ち上げた。

「貴方、カメラ撮れてないじゃない」

「あっ、しまった！」

「お兄ちゃん凄いね！　僕ちゃんと見てたよ！」

家族に褒められたのが嬉しくて、ピカピカ光る金メダルが宝物のように見えた。

俺が小学二年生になった時、光輝が同じ小学校に入学した。その頃、光輝はピアノの腕を着実に上げていっていた。俺はなかなかやめるタイミングが掴めずまだピアノ教室に通っていたのだが、その頃にはもう俺なんて光輝の足元にも及ばなかった。やがて光輝が小学生の部のコンクールに出る事が決まった。生憎、コンクール当日俺は風邪を引いていて家で寝込んでいたのだが、夜遅く帰ってきた光輝と両親は興奮気味に光輝が優勝した事を告げた。光輝は手に金メダルを手にしていた。それは、運動会で俺が貰った金メダルなんかより格が違くて、チクチクと痛むお腹は風邪のせいだと思う事にした。

次の日、光輝の優勝を祝してお店でお祝い会をする事になった。

「光輝、何が食べたい？　なんでも好きなものを言っていいぞ！」

父親が嬉しそうに光輝にそう言った。

しかし、光輝はいつも通り家でご飯を食べると言った。

「だめだ！　優勝だぞ？　こんな時くらいわがまま言ってもいいんだ」

「そうよ、光輝。なんでも行きたいお店に連れていってあげるわ」

俺が運動会のリレーで優勝した時、両親は喜んでくれたが、ここまでの事はしてくれなかった。優秀な弟を持った事を誇りにも思ったが、なんだかモヤモヤとした気持ちは消えなかった。光輝がコンクールで優勝した次の月、俺はピアノ教室をやめた。

両親は春彦を溺愛していた。はいはいから立って歩けるようになった日にはお祝いと称していつもより豪華なご飯が食卓に並んでいたし、父親は仕事から帰るとまず春彦の元へと向かって抱っこをするのが常だった。春彦は確かに可愛くて、家族で出掛ければ近所の人にも可愛いわねぇ、とよく声を掛けられていた。

才能のある光輝と、愛される春彦に、俺は嫉妬していた。三回目のリレーの選手に選ばれた事を夕食の時両親に伝えると、両親は一言「良かったね」と言うだけだった。その事が悲しくて、俺がご飯を半分以上残して席を立つと、両親はもう食べないのか、と聞いてきた。

「いらない」

それだけ言ってリビングの扉をバタンと大きな音を立てて閉める。自分でも少しやり過ぎたかな、と思っていると、扉の向こうから両親の声が聞こえた。

「何かしら、いきなり」

「里聖もそろそろ反抗期なんだ。仕方ないだろ」

自分の気持ちを全く分かってくれない両親に苛立ちと悲しみを覚えながら、俺は一人自室へと戻り布団を頭から被った。ぐぅ～とお腹から空腹を知らせるサインが鳴って、惨めな気持ちでいっぱいになった。耳の中に入ってきた涙が気持ち悪くて寝返りを打った。

小学四年生になったある日の事、いつも通り授業を受けていると担任がいきなり教室の扉を開けて飛び込んできた。

周りがざわつく中俺の名前が呼ばれ、俺は何事かと教室を抜け担任の後に続いて応接室に入った。学校の応接室に入るのは初めての事だった。しかし、じっくり中を観察している暇は無かった。中に入ると、同じように教師に連れてこられたのか、ソファに光輝が座っていた。

「今親御さんが迎えに来る。それまでここで待ってるんだ」

担任が俺達に向かって真剣な顔でそう言った。

「あの、授業はどうするんですか」

光輝がもっともな事を言うと、担任は、今日はもう出なくていい、と言いそのまま足早に応接室から出て行った。

「何かあったのかな」

「分からない。光輝も連れてこられたのか？」

「うん。兄さんも？」

「あぁ。授業中担任がやって来てここに連れて来られたんだ」

「僕も同じだよ」

何が何だか分からないままそうして三十分程待っていると、応接室に担任と両親が入って来た。母親は、春彦を抱いていた。春彦を連れて来るまでして学校に両親が来るなんて、よっぽど何か大きな事件でもあったのだろうか。不安になっていると、父親が難しい顔をしながら俺達を見た。

「二人とも、今日から暫く学校は休みだ」

言われた言葉の意味が分からず光輝と顔を見合わせていると、父親は重々しく口を開いた。

「おじいちゃんが亡くなった。明後日お葬式だ。今からおじいちゃんのところに行く」

祖父には今まで一度も会った事が無かった。祖父の話を聞いた事もなかった。その時、小学校低学年の時敬老の日で出された宿題を思い出した。あの時両親は自分の祖父母は遠い場所にいて会えないと言ったが、実際に祖父の話を父親の口から聞くと本当に自分には祖父がいたのだ、と変な感じがした。しかし、既に亡くなってしまったのではもう遅い。手紙を書く事も、話をする事も出来ないのだ。両親に連れられ車で六時間かけやって来たのは、田んぼと山しかない田舎だった。初めて来る場所に物珍しさを感じつつ、お葬式会場へと入ると、そこには人が沢山いた。どの人も初めて会う人ばかりだった。その真ん中に、祖父が棺の中に花と共に寝かせられていた。

初めて見る祖父の顔は青白く、目も閉じていた。この人が俺の祖父なんだという実感がどうしても湧かなかった。何しろ、今まで一度も会った事がないのだ。

お葬式は終始重苦しい雰囲気で行われた。お坊さんが日本語なのかどうか分からない言葉を淡々と読み上げ、俺はじっと座ってそれを聞いていた。初めてのお葬式と、真っ黒な服を着た人達がひしめき合っている様子に若干怖さを感じたが、光輝は俺と違い物怖じしている様子はなかった。一時間近くそうしているとようやくお坊さんが変な日本語を読み上げるのをやめ、俺達は解放された。と、思ったら今度は物凄く広くて白い、殺風景な場所に連れて行かれた。これだけ広いのに、何も置かれていない空間がなんだか怖かった。どうやら、祖父の遺体を火葬するようだった。人の身体を焼くなんて恐ろしいと思ったが、周りの大人達は特に何も言わなかった。火葬には二時間近くかかるらしく、それまで俺達は別室で待機させられた。俺はこの白くて気持ちの悪い空間にいないで済むことに安堵していた。待ち合い室に戻った途端、今までの緊張や疲れがどっと出て来て、気付いたらソファの上で眠ってしまっていた。起こされた頃にはもう火葬は終わっていて、ようやく帰れると思ったらまだ何か食事会のようなものがあるらしく、ご飯を食べるだけでいいから、と言われ渋々宴会場のような場所に付いて行った。そこでは、さっきのお葬式の時の重苦しい雰囲気とは違い、皆騒がしかった。大人達があぐらをかいてお酒を飲んだり、ご飯を食べたりしている。中には、大声で笑っている人もいた。人が死んだというのにこんな楽しそうにしていていいのかと嫌な気分になった。

母親は春彦の面倒を俺に任せ、お客さんのお世話をするので忙しなく動き回っていた。父親はとっくにどこかへ行ってしまい、この広い会場の一体どこにいるのか見当もつかなかった。春彦の世話をしながら光輝と隅の方に座っていると、四十代くらいの男の人が声を掛けて来た。

「お～みんな大きくなったなぁ！」

誰なのか分からず返事に困っていると、その男の人はすまんすまん、と言いながら頭を掻いた。

「俺は君達のお父さんの兄だ。つまり、君達の伯父だ」

伯父だと名乗ったおじさんは、嬉しそうに俺達一人ひとりの顔を見比べた。

「この子が春彦くんだね。いやぁ、やっぱり可愛いなぁ」

そう言っておじさんは春彦の頭を撫でた。春彦は何がなんだか分からない様子でぼけーっとした顔でおじさんを見ていた。

「それで、君が光輝くんだね。話は聞いてるよ。ピアノ、凄い上手いんだって？」

おじさんは笑顔で光輝を見た。

「ありがとうございます」

光輝は丁寧に頭を下げた。その様子をおじさんは嬉しそうに見ていた。そして、次におじさんは残った俺を見た。

「えっーと……君が、里聖くん？」

「はい」

春彦や光輝に向けられた笑顔と違い、俺の時だけおじさんは作り笑いを浮かべていた。

「大きくなったね、今小学何年生だい？」

「四年です」

「いやぁ、本当に大きくなった」

下の二人と違い、俺には褒める点が何もないので困っているのだろう、と粗方察した。おじさんは俺に対してそれだけ言うと、四度目となる「大きくなった」という言葉を繰り返して、去って行った。

「光輝、あの人知ってるか?」

「いや、初めて会ったよ。父さんに兄弟がいる事も初めて知った」

俺も同じだった。今まで父親から、兄弟の話や祖父の話は聞いた事がなかった。

親戚の集まりなども特になく、俺達は家族五人だけで暮らしてきた。ここに集まっている人達は皆親戚なのだろうか。

だとしたら、何故今まで一度も会った事がないのだろうか。しかし、それ程気にするものでもないと、そんな疑問はすぐにどこかへ消えてしまった。

夜九時を回り、隣で寝てしまった春彦に座布団をかけてやると、スウスウと寝息を立てながら春彦は座布団の綴じ糸をきゅっと握った。二時間に及ぶ宴会はまだ続いていて、お開きになるのは大分先のようだった。

「兄さん、疲れた?　春彦は僕がみるよ」

「いや、いいよ。お前も疲れてるだろ」

「大丈夫。兄さんトイレにも行ってないでしょ？　少し外に出てきたら？」

「わかった、そうする。ありがとう」

光輝の申し出を有り難く受け入れる事にし、盛り上がっている宴会場を抜け出した。

廊下はひんやりと冷たくて、靴下を履いているのに足先から冷気が伝わり、思わず身震いした。広い建物の中でようやくトイレを見つけ、用を足すと、そのまま外に出られる場所はないかと辺りを散策してみる。この広い建物には、俺達の他にも宴会をしている団体がいるらしく、襖の向こうから声が聞こえてきた。長い長い廊下は、鬼ごっこをしたら凄く楽しそうだと思った。これだけ広いのだから隠れんぼにも使えるかもしれない。学校の友達にも見せてやりたいな、なんて呑気な事を考えていると、鼻先を苦いにおいが掠めた。タバコのにおいだ。

突き当たりの廊下を左に曲がると、そこはドラマなどでよく見る田舎の家にある縁側のような場所があり、そこに人が二人立ってタバコを吸っていた。俺はなんとなく見つかるのが嫌で、柱の陰に隠れた。

「それにしてもよく育ててるよな。俺には無理だ」

「お爺さんだって最初は反対してたんだろ？」

「ああ、でも弟はその反対を押し切ってまで引き取ったもんだから親父はそりゃ大激怒さ」

「可哀想になぁ。春彦くんなんて一番可愛い時期じゃないか。孫の顔も見れず死んでいくなんて」

何の話をしているのか俺にはサッパリ分からなかった。しかし、柱の陰からそっと盗み見ているると、二人のうち一人は知っている人物だった。先程俺達に声をかけてきたおじさんだ。

「弟も馬鹿だよ。いくらなかなか子どもが出来ないからって、どこでうまれたのかすら分からない子を引き取るなんて」

「本人はまだ知らないんだろ？」

「あぁ。あの様子じゃ知らないだろうな。弟も伝えるつもりはないらしい」

「でもいつか気付くだろう。自分が養子だって事。隠し通せるわけない」

「確かに下の二人は似てるがあの子だけ顔立ちが違うもんなぁ。今はまだ分かりにくいが大人になったらすぐ分かってしまうさ」

「本当に可哀想な子だな。実の親は分からないんだろ？」

「あぁ。コインランドリーに捨てられていたらしい」

「なんて惨い事を……」

「あの子が実の親に残してもらったのは名前だけだ」

「確か変わった名前だったよな？」

「あぁ」

「里聖、ねぇ……」

その時があの感覚を初めて覚えた瞬間だった。突然下の床がパッカーンと開いて、どこまでも暗い穴に自分が落ちていく感覚。今耳にした会話を本当だと信じたくなくて、でもあのおじさんが俺にだけ向けてきた作り笑いを思い出して、それが嘘ではない事が分かった。自分が養子だったという事に少なからずショックを受け、逃げるようにその場を後にした。光輝とも、春彦とも俺は血が繋がっていないのだ。しかし、その事を悲しいと思う前に、何故だか納得してしまっている自分がいた。段々時間が経ってくると頭も冷静になり、自分でも驚くほど早く真実を受け入れられた。同じ兄弟なのに、才能のある光輝と、愛される春彦。何故俺だけこんなにも二人と違うのか常に疑問だったが、ようやくその謎が解けた。俺だけこの家の子供ではないからだ。ショックよりも、スッキリとした気持ちの方が強かった。でも、そのスッキリはお風呂から出た後冷たい牛乳を飲むような感覚ではなく、ずっと長いこと指に刺さっていたトゲが取れたような感覚に近かった。トゲが取れた後もチクチクと痛む傷口に、何故だか笑いが止まらなかった。俺の笑い声だけが、静かな廊下にこだました。

それから、俺の生活は変わった。

学校もサボる事が増え、宿題も手を付けなかった。別に養子だった事がショックだったというわけでは無かったが、どれだけ努力しても俺は光輝や春彦のようにはなれず、コインランドリーに捨てられていた孤児だという事実は一生動かしようが無かった。実の兄弟ではないと知っても、光輝や春彦の事を嫌いになったかと言えばそうでは無かった。事実を知っても、二人の事は可愛い弟のように思っていた。しかし、光輝がコンクールで取ったトロフィーが家の棚に増える度、壁に飾られた春彦が幼稚園で描いたという家族の似顔絵を目にする度、気持ちは落ち込んだ。サボる日が増えれば当然教師から親に連絡が行き、俺は親に呼び出された。夕食の後話があるという親に、大体言われるであろう事は察した。

「里聖、最近学校をサボっているそうだな」

「先生から連絡があったの。最近授業も真面目に聞いてない事が多いって」

「一体どうしたんだ。どうして学校をサボる？」

「別に。なんとなく」

「里聖、学校は勉強する為に行く所だ。もし勉強が面倒くさいからって理由で行かないんだったらそれは甘えだ」

「お父さんの言う通りよ。将来学校に行かないで苦労するのは貴方なのよ」

「里聖、こんな事は言いたくないがうちの生活はあまり良い方じゃない。光輝のピアノ教室代もあるし、春彦もいずれ小学校に入る。里聖の学校のお金を無駄にするような事はしないでくれ」

「だったら今すぐ学校なんてやめさせればいいじゃん」

「里聖……！　なんて事を……」

「どうしちゃったの里聖？　一体何があったの？」

「俺知ってるから。父さんと母さんは俺に何にも期待してないって事。だからそんな心配するような振りはしなくていいよ」

「何を言ってるんだ……！　子供の事を心配するのは親として当たり前だろう」

「そうよ、なんて事を言うの？　私達は里聖の事もちゃんと愛してるのよ」

「養子なのに？」

その瞬間、二人がハッと息を呑むのが分かった。そして、普段は温厚な父親が今まで見せた事のないような怖い顔をした。

「里聖、誰からその事を聞いた」

「それは父さんには関係ない」

「答えなさい。誰からだ」

「俺は父さんと母さんの子供じゃない。だから別に俺がダメ息子でも二人は気にする事ないよ。だって血が繋がってないんだから」

パンッという音で、自分が頬を叩かれたと気付いた。叩いた父親を睨むと、父親は椅子から立ち上がって肩で大きく息をしていた。母親は隣で泣いていた。

「里聖！！！！！　なんて事を言うんだ！！！！！　謝りなさい！！！！！」

父親の言葉を無視し、椅子から立ち上がり背を向ける。

「どこへ行くんだ！　まだ話は終わってない!!」

後ろから父親の呼び止める声が聞こえたが、振り返る事なくリビングを後にする。階段を上って自室へ入ろうとすると、隣の部屋から光輝が顔を出した。

「兄さん、大丈夫？　なんか凄い揉めてたね。こっちにまで声が聞こえたよ」

「あぁ悪い。勉強の邪魔したな」

「それは良いんだけど、何かあったの？」

「いや、何もないよ。それよりお前はピアノ頑張れよ」

「えっ、あぁ、うん」

訝しげな顔をする光輝にも背を向け、自室へ入る。扉を閉めて一人になれば、まだ叩かれた頬がじんじんと熱かった。

それから家にいるのもなんだか居心地が悪くて、学校が終わってもなかなか家に帰らなかった。放課後、学校が終わるとその辺をぶらぶら歩いて、夜遅くまで街を彷徨った。ある時九時過ぎに家に帰ると両親は激怒したが、それも無視した。両親との関係は、仲直りするどころか、どんどん悪くなっていくばかりだった。

ある時、夕方に街を歩いていると、小学校低学年くらいの男の子が、小学校高学年くらいの男の子に向かって何度も頭を下げている場面に遭遇した。何事かと思って遠巻きにその様子を見ていると、やがて大きい男の子はまだ小さい男の子を思い切り突き飛ばした。突き飛ばされた男の子が背負っていたランドセルから教科書が飛び出て、辺りに散乱した。

歳下相手に喧嘩するなんてみっともない、と呆れた。

「おい、お前何してんだよ」

俺がその場に出て行くと、突き飛ばした方の大きな男の子は、しまったという顔をして下をペロリと出した。

「歳下相手にこんな事してダサいとか思わねぇの？」

「こいつは俺と同じ学校なんだよ。つまり後輩って事。後輩が先輩の為に働くのは当たり前の事だろ？」

無茶苦茶な事を言う目の前の男に呆れながら、俺は倒れている男の子を助け起こした。

「おいお前、大丈夫か？」

男の子は怯え切っていて、唇をぷるぷると震わせていた。

「何勝手な事してんだよ！　こいつは俺の後輩だ」

「そうやって先輩ぶってイキがる奴が俺は一番嫌いなんだよ。自分が弱いから歳下にしか手出せないんだろ」

「なんだと!?　お前俺を馬鹿にしたな！　俺を馬鹿にするとパパが黙ってないぞ！」

顔を真っ赤にして怒る目の前の男をどこかで見たような気がした。

そして、前にも光輝が虐められた時似たように助けてやった事を思い出し、記憶の中で、その時の男の子と目の前の男の顔が一致した。その途端、あの時返せなかった屈辱を晴らすチャンスだと、心から神に感謝した。自分の力がないばかりにこいつから守ってやれなかった光輝の仇を取るなら今ここだ。

「お前のパパが誰かは知らないが、これ以上俺を怒らせたくなかったらさっさと消えろ」

「な、なに⁉　お前俺に喧嘩売ってるのか⁉」

「あぁ。怖いんだったら今ここで逃げるんだな。お前が泣いてちびりながら逃げてったたって学校中に言いふらしてやるよ」

「お前ぇ……‼」

そう言ってそいつは俺に向かって勢い良くパンチを繰り出した。方向も、速さも、何もかもお粗末だ。簡単に躱すと、そいつはバランスを崩しよろめいた。

「やっぱりやる事が小さいやつは喧嘩も弱いんだな」

「何を……！　見てろ……！　本気で行くからな！」

赤い顔をゆでだこみたいに更に真っ赤にしたそいつは、今度は俺の腹めがけてパンチを繰り出した。その手が触れる前に掴み、思い切り捻ってやると、そいつは苦しそうな声を出した。

「まだやるか？」

「調子に乗りやがって……‼」

そいつは手首をさすり、今度はお得意の馬乗り芸を披露しようと俺に飛びかかってきた。それをまたもや躱し、そいつの靴に足を引っ掛ける。そいつは顔面から派手に地面に突っ込んだ。

垂れている鼻血を拭きながら、地面に尻餅をついたまま後退りしている。

「お、覚えとけよ……!!」

そんな捨て台詞を残して、そいつは逃げて行った。その時、俺の心の中に、今まで感じた事のない感情が湧き出てきた。

勝った。勝てた。子供の頃勝てなかった奴にこうもあっさりと。理不尽な理由で虐げられるのなら、力で対抗すればいいのだ。その時の高揚感が、俺の中の何かを変えた。それから、街で喧嘩をする事が多くなった。最初はカツアゲや虐めをする連中から。大抵そういう事をする奴は力もなく弱いので、簡単に勝てた。そうしていると、次第に街の中で俺の噂が広がり始め、所謂不良と呼ばれる人間にも喧嘩を吹っかけられるようになった。そいつらは今までの奴とは違い、腕もまあまあ立つようでそう簡単には勝てなかった。しかし、何回も何回も繰り返される喧嘩で俺は強くなった。小学校を卒業する頃には、小さな不良グループのリーダーとタイマンで勝負して勝てるくらいには強くなっていた。不思議と、拳を振るっている時は家の事も、あの夜縁側で聞いた話も忘れられた。

「くっそぉ……!!」

目の前で、傷だらけになりながら倒れている男が悔しそうに俺を見上げた。

これもいつもの事だった。名前の知れ渡った俺は、よく知りもしない相手から喧嘩をふっかけられる事が度々あり、こいつもどこかの不良グループのリーダーらしかった。

「一旦引き上げよう！　こいつやべえよ！」

「ここで引き下がってたまるかよ」

「でももう仲間たちも半分以上やられてる！　これ以上こいつに関わってたら皆やられちまう！」

「……ちくしょう……!!」

リーダーと思わしき男が化け物でも見るみたいな目で俺を見て、それから吐き捨てるようにこう言った。

「里聖……ふん、お前の親は名付けを間違えたな！　この理性の欠片もない化け物が」

「もう行こうぜ！　早いとこ退散しよう！」

去って行く不良連中の後ろ姿を見送りながら、先程言われた言葉が頭の中に響いた。確かに俺の親は名付けを間違えたのかもしれない。こんな暴力だけでしか生きられない人間が、リセイ、なんて名前なのは何の冗談だろう。一体俺の親はどんな意味を込めてこの名前を付けたのだろうか。聞く事なんて出来るわけないが、きっと俺はこの名前とは程遠い生き方をしているのだろう。その日から、唯一俺が親から与えてもらった名前が嫌いで仕方なくなった。だから、
彼女に名前を褒められた時、驚いた。

「遠藤くんの親御さんは、センスがいいね」

「里って、一日千里の里だから」

「才能がある人って意味。だから、いい名前だね」

あの時俺の名前を罵った男とは違い、彼女は初めて俺の名前を褒めてくれた人物だった。それまで、嫌いで嫌いで仕方なかったこの名前を、いい名前、と言ってくれる人間が一人でもいる事が、嬉しかった。偶然にも彼女の名前にも同じ漢字が使われていて、馬鹿みたいだが、何だか親近感を覚えた。親に弁当を作ってもらえないというところも、俺と似ていた。

死んでいた俺を生き返らせてくれた彼女の役に、少しでも立ちたいと思った。

彼女からいつも香る花の名前を、一度彼女に聞き、教えてもらった事がある。ハナビシソウ、というその花の名前を、帰ってネットで検索すると、一番上にその花の写真が出てきた。黄色のとても可愛らしい花だった。そしてその下に、花の解説が載っていた。そこには、花言葉も書かれていた。花言葉。初めて聞く単語だった。調べてみると、花にはそれぞれその花の象徴とも言える花言葉というものがあるらしい。そんなものがあるのか、とまた一つ彼女に新しい事を教えてもらったな、と思いつつ、それではあの花の花言葉は何なのだろうと気になった。そこに書かれていた花言葉は、皮肉にも彼女の心の言葉のようだった。ハナビシソウの花言葉は、「私を拒絶しないで」だった。

＊＊＊

「生田、ちょっといいか」

帰り際、担任がバツの悪そうな顔で明里を呼んだ。担任の前まで行くと、担任は困ったような顔をして口を開いた。

「またあの人が来てるんだ」

明里は大きく息を吸うと、わかりました、と返事をして職員室へ向かった。

これでもう、今週で三度目だ。

職員室の扉を開けると、黒スーツに身を包んだいかにも勤勉そうな顔をした男が立っていた。

「こんにちは。今日も悪いね」

「いいえ、構いません。富樫さん」

明里はそう言って富樫とほぼ同時にソファに腰掛けた。

「怪我の方は大丈夫かい？」

「はい。もう三角巾も取れました」

「それは良かった」

富樫は口の端を上げ微笑むと、明里に小さなお菓子の包みを渡した。

「いつも押しかけてしまってるから、そのお詫びに」

「ありがとうございます」

明里が包みを開くと、中にはクマの形をしたクッキーが入っていた。

中身を確認して、包みを机に置きながら、明里は口を開いた。

「それで、今回はどんなお話ですか」

富樫が世間話をしに来たわけではない事は分かっている。明里から何を聞きたいのかも。

「何度も悪いんだけど、商店街で遠藤くんを見たっていう話を詳しく聞かせてもらえるかな」

「はい。その日は終業式でした。私は学校帰り商店街に立ち寄ったのですが、その時、ちょうどパン屋の前で女の子に声を掛けている遠藤くんを見かけました。女の子は一人のようでした。そして、そのまま遠藤くんは女の子を連れて歩いて行きました」

「その時の女の子の特徴を覚えているかい？」

「はい。赤いランドセルに、ピンクのスニーカーを履いていました。小学生の割に背は大きいようでした。あと、トートバッグを持っていました」

「どんなトートバッグだったか覚えてる？」

「確かうさぎのワッペンが付いているピンク色のトートバッグでした」

「そうか。ありがとう。何度も聞いて悪いね」

「構いません」

遠藤くんが警察に逮捕されてから、富樫は毎日のようにここに顔を出し、明里に繰り返し同じ質問をした。富樫が明里の証言に疑いを持っているというのは明らかだった。しかし、こちらも実際に被害者を目にしているのだから、その特徴もしっかり答えられる。富樫が何故まだ捜査を続けているのかは知らないが、こんな事で計画を台無しにされては困る。明里は慎重に言葉を選んで話した。

「遠藤くんとは本当に話した事ないの？」

「一度もありません」

「彼は学校でも結構有名なようだったけど、知っていた？」

「名前を耳にした事はありますが、実際に会ったのは今年同じクラスになってからでした」

「彼の印象はどんなだった？」

「何だか寂しそうな人でした」

「どうしてそう思うの？」

「人は誰しも寂しがり屋なんです。彼もきっと寂しかったんだと思います」

倉庫で泣いていた彼の顔を思い出した。あの日の夜、不覚にも前川達に捕まった明里を助けに来てくれた遠藤くんは明里の姿を見ると泣いた。彼の泣いた顔を見るのは初めてだった。遠藤くんが捕まったと聞いて、学校中は大騒ぎだった。朝、明里が教室に入ると既に学校中がその噂で持ちきりだった。

——あの遠藤がついに人殺しか。

——いつかやると思ってたけど本当にするとはね。

——まぁあいつならやりかねないよ。

その光景を入り口に立って見ていると、明里の姿を見つけた香穏が早足で駆け寄って来た。

「ちょっといい？」

香穏は目をキョロキョロとさせ、明らかに動揺していた。教室の外に出ると、香穏は小さな声で、しかし早口で明里の予想していた通りの事を言った。

「どうして遠藤くんが捕まったの？　警察に出頭したって聞いたけど、自首って事？　どうして遠藤くんが殺した事になってるの？」

「大丈夫。落ち着いて。香穏が捕まる事はないから」

「どういう意味？」

香穏は不安そうに明里を見た。

「遠藤くんが香穏の代わりに自首したの。だからもう大丈夫」

「どうしてそんな事……」

「それより香穏、トートバッグの事どうして黙ってたの？」

「ごめん……あの時は気が動転してて……言い忘れたんだ」

「トートバッグの特徴を詳しく教えてくれる？」

「どうして？」

「いずれ私のところに警察が来る。その時しっかり特徴を伝えられるように」

「どうして明里のところに警察が来るの？」

香穏はその言葉で更に不安になったのか、眉を八の字に曲げていた。

「遠藤くんが女の子に声を掛けてるところを見たって証言する」

次の明里の言葉に、香穏は目を見開いた。

「えっ、証言って……それじゃあ本当に遠藤くんが捕まっちゃうじゃないか！　明里、やめてよ。今すぐにでも僕が警察に行って本当の事を話すよ」

「これを指示したのは遠藤くんよ」

そう言うと香穏は先程よりも大きく目を見開いた。

「えっ……どうして……なんで……？」

「香穏を守る為」

「そんな……」

香穏はショックを受けたようで、呆然とした顔をしていた。

「とにかく、香穏は何も言わなくていいし何もしないでいいから。そうすれば香穏が捕まる事もない」

あの日の夜、倉庫で明里が襲われた日、遠藤くんがこの計画を提案したのだ。

明里も最初は反対したが、遠藤くんの意思は固いようで、止める事は出来なかった。遠藤くんの言った通り、自白と、何より決定的な証拠となる血の付いた石が発見された事で彼は逮捕された。血の付いた石は、明里が埋めてくるよう指示したものだった。

「おばあさんは元気？」

「はい。もうすっかり腰も良くなりました」

「それは良かった」

しかし、目の前の男、富樫は新人の刑事のようだが、どうにも目障りだった。もう事件は解決していると言うのに、まだ独自に調査しているらしく、他のクラスメイトにまで聞き込みをしているらしい。内容は、生田と遠藤が話しているところを見なかったか、と言うものだったと廊下で生徒が話しているのを聞いた。明らかにこの事件の事を疑っている。

香穏も、毎日のように学校に顔を見せる富樫に不安が拭い切れないようだった。――もし、富樫が香穏に会ったら……。

富樫が香穏に辿り着くという最悪の結果だけは避けたかった。

「今日はありがとう。また話を聞きにきてもいいかな」

「はい」

校門から出て行く富樫を窓から見つめながら、明里はあの日の夜の事をぼんやりと思い出していた。


夜、スーパーから帰る途中巡回中の警察官とすれ違った。

「双葉川に死体が捨てられてた事件あっただろ？」

「あぁ。あったあった。まだ犯人見つかってないんだろ？」

「それが今日捜索班が川の中で被害者の所持品を見つけたらしい」

「所持品って？」

「トートバッグだ」

ドクン、ドクンという心臓の音と、速くなる脈に、まず考えたのは一刻も早く香穏の元に向かわなければいけないという事だった。急いで家とは反対方向の香穏家に向かっていると、何処から現れたのか前川達に周りを取り囲まれた。用心棒の渡辺に思い切り腹を殴られ、そこで意識を失った。意識を取り戻した時にはもう既に別の場所に移されていたが、目にガムテープを貼られている為何処なのかは分からなかった。しかし、息遣いで何人かに周りを囲まれているようだと察した。

「おっはよ〜明里ぃ！　どう？　いい目覚めでしょ？」

前川の声だった。

「何する気」

「何よ。いきなり反抗的な態度取るようになって。それもあんな奴とつるんでるから？」

「あんな奴？」

そう言った途端、頬にいきなりビンタを喰らった。

「あいつのせいであたしがどれだけ恥かいたと思ってんの！？！？　マジ許せない」

何が理由なのかは知らないが、前川は酷く怒っていた。

「遠藤里聖、本当ムカつく奴」

知っている名前が聞こえて、思わず聞き返した。

「遠藤里聖？」

「そうよ、あんたあいつとつるんでるんじゃないの？」

前川と遠藤くんの間に何があったのかは知らないが、どうやら遠藤くんは前川の怒りの琴線に触れたようだ。何も前川に喧嘩を吹っかけるなんて。

「明里、良かったわねぇ。男に色目使って持て囃される気分はどう？」

前川が何を言っているのかさっぱり分からなかった。色目を使ったなど心当たりもない。

「そんな覚えはない」

「まさか気付いてないの？　遠藤、あんたにガチよ」

「何を言ってるの？」

「どんな手使ったか知らないけど、そのブッサイクな顔でよく手玉に取れたわね」

ますます言っている意味が分からず明里が黙ったままでいると、前川はそれまで勿体ぶっていた言葉をようやく口に出した。

「信じられない。遠藤があんたに惚れるなんて」

今度も言っている意味が分からなかった。

――遠藤くんが惚れている？　自分に？

「そんな事あるわけない」

「白々しい女！　遠藤はね、あたしがあんたの事バカにしたらあろう事かビンタしてきたのよ！？！？！　そんなのあんたが好きだからに決まってるじゃない!!」

明里は言葉を失った。知らない間に彼がそんな事をしていたなんて。そして、同時に自分がここに連れて来られた理由も分かった。前川は、力では勝てない遠藤に報復する為、何を勘違いしているか知らないが、自分を使ったのだ。

「あいつ童貞っぽいし、誘ったら乗ってきたの？」

「やめて」

「胸でも触らせてやった？　もしかしてもうやったとか？」

「やめて」

「中学生の性欲やばいもんねー。きっとあんたで何回も抜いて……」

「やめて！！！」

明里が大声を出すと、前川は楽しそうに笑った。

「ねぇ明里～？　あんたって処女？」

その質問に前川が考えている事を察し、一刻も早くこの場から逃げなくてはいけないと本能が言っているのに、足に力が入らなかった。

「まだだよね？　じゃあ私がちゃんと教えてあげるね」

その言葉を合図とするように後ろからこちらに近付く足音がし、明里の身体に男のものと思われる手が触れた。荒い息遣いも聞こえる。見えない事の恐怖と、これからされるであろう事への恐怖で歯がガチガチと震えた。自分の身体に他人の手が触れている事が気持ち悪かった。その手が胸まで届いた瞬間、明里は耐えられなくて思い切り叫び声を上げ抵抗した。しかし身体を触っている手とは別の手に口を塞がれ、腕を思い切り地面に押さえつけられる。それでも抵抗していると、今度は顔を殴られ、手の平を足で踏みつけられた。あまりの痛さに思わず声が出たが、口を塞がれているため動物のような声しか出なかった。助けを呼びたくてもその声が出ない。その間にも、明里の身体をじわじわと手が蝕む。ブラウスのリボンを外された瞬間、ついに堪えていた涙がこめかみを滑り落ちた。スカートを雑に脱がされ、下着も脱がされると、羞恥のあまり今すぐに死んでしまいたかった。男の荒い息遣いが耳元まで近寄ってきて、耳の中に舌を入れられた。ねちょねちょという音と、その気持ち悪さに吐き気がした。本当に、今すぐにでも吐いてしまいたかった。そうすれば、こんな行為も終わるはずだから。すると今度はいきなり胸を掴まれ、痛みに思わずうめき声が出た。

「その声もいいねぇ！　最高！」

前川がキャハハと笑っている声が遠くで聞こえた。どうしたら前川は許してくれるのだろうか。土下座して謝ればこの恐ろしい行為をやめてくれるだろうか。

しかし、前川がそんな女ではない事は明里が一番良く知っている。

「やりな」

前川の言葉に、明里の太ももは思い切り開かせられた。ヴーッ！　という声を上げながらじたばたもがいても、腹を殴られ、明里の抵抗も虚しく終わった。

「いいよ」

最後の力を振り絞って抵抗したが、いきなり感じた股を引き裂かれるような痛みに手足が止まった。身体の中に、自分のものではない何かが入ってくる異物感と、腹の底を持ち上げられるような息苦しさに涙が出た。

「明里、処女卒業おめでとー！！！」

パチパチという前川の手の叩く音と男の荒い息遣いが辺りに響いていた。

＊

前川は去り際、明里の目に付けられていたガムテープを思い切り剥がした。自分を襲った男も、前川の顔も見たくなくて明里はギュッと目を閉じた。

「じゃあねぇ～明里ぃ～遠藤によろしく」

バタンと倉庫の扉が閉まる音を聞きながら、明里は手探りで落ちていた下着とスカートを捜し、穿き直した。酷く惨めな気分になって涙が溢れた。まだヒリヒリと痛む性器に下着の布が擦れて痛かった。ブラウスのシャツのボタンを留めようとしたが、手が震えて上手く留められない。今までされたどんな暴力よりも、前川が先程明里にした事は恐ろしかった。駆け付けた遠藤くんは、明里の姿を見ると息を呑んだ。そして、謝った。明里が心配したのは、この事を香穏に知られてはならないという事だった。

優しい香穏の事だから、自分が前川を振ったせいで明里がこんな目に遭ったと知ったら酷く心を痛めるだろう。

そして、何より先程警察官が話していた内容の方が気掛かりだった。新しい証拠品が川の中で見つかれば、もしかしたら警察に犯行場所が河川敷だとバレてしまうかもしれない。香穏の身に少しでも危険が及ぶような事は避けたかった。

遠藤くんにその事を言うと、彼は何故あんな男の為にそこまでするのか、と尋ねた。そんなの決まっている。香穏が全てだからだ。彼が明里の生きる希望であり、彼が絆創膏をくれたあの日から彼のために生きようと決めた。

香穏がいなければ、自分は怪我をしたら手当てをしなければいけないという事を知らないまま生きていたかもしれない。

遠藤くんは暫し黙った後、憔悴しきった明里をおんぶした。どこへ行くのか、と尋ねると、病院へ行く、と言う。

「病院はやめて、おばあちゃんに心配かけたくない」

「そんな事言ってる場合じゃないだろ。自分の身体よく見てみろ、ボロボロじゃないか」

確かに、今まで怪我をしたらなるべく自分で手当てしてきたが、今回ばかりはどうにかできそうになかった。もしかしたら骨折でもしているんじゃないかと思うくらい、少しでも動かすと痛む右腕を遠藤くんの肩に預ける。彼は明里をおぶると、明里の身体になるべく振動をかけないよう、しかし早足で病院へと向かった。この時間帯でも診てくれるところはあるのだろうか、とふと思った。

「サメタマなら夜間でも救急で診てくれる。前に俺が喧嘩した時世話になった」

「遠藤くんもそんな大怪我した事あるんだ」

「俺じゃない。相手だ」

真面目な声で遠藤くんがそんな事を言うものだから思わず笑ってしまうと、振動が殴られた腹に伝わり、思わず「いたっ」と声が出た。

「何笑ってるんだ。こんな時に」

「遠藤くんってどれだけ喧嘩強いの」

「そんな事どうだっていいだろ」

「前川にビンタしたってほんと？」

「あぁ」

「あの前川に喧嘩売るなんて馬鹿だね。前川って言ったら極悪非道で有名なのに」

「そんな事知るかよ」

「遠藤くんは本当に何も見てないんだね。私と初めて会った時とおんなじ」

「なんだよそれ」

「屋上で初めて私が名乗った時も、私の事知らなかったでしょ」

「それは仕方ないだろ」

「ていうかコイツとは関わらないようにしようって思ったよね？」

「お前が傷が痛むとか中二病みたいな事言うからだろ」

「はは、なのにそんな中二病を助けに来てくれた」

「それはお前が友達だからだ」

明里は思わず固まった。遠藤くんにおぶられているため彼の表情は分からなかったが、彼はさらりと躊躇うことなく友達だと言った。普段はクールぶっていてそんな事言うキャラじゃないだけに、彼がそう言った事がおかしくてまた笑いが出た。

「だから笑うな。黙ってろ」

「わかった」

それでも笑っていると彼は呆れたようにため息をついたが、明里にとってはそんなやり取りが今は凄く有り難かった。それまでの緊張や恐怖が解けて、遠藤くんの体温が、先程の冷たい倉庫の床に奪われた熱を徐々に取り戻してくれた。

サメタマに着くと、遠藤くんは夜間救急の入り口に明里をおぶったまま入った。

明里の姿を見た看護師は、ちょっと待ってて、と言い足早に奥へと入っていく。

やがて車椅子を持って出てきた看護師に、そのまま車椅子に座らされ、移動させられた。どうやら、ちゃんと診てくれるらしい事に安堵しつつ、ここまで連れてきてくれた遠藤くんに感謝した。

「ちゃんと診てもらえよ」

診察室に入る間際、彼がそう言った。

彼は今まで見た事がないくらい心配そうな顔をしていた。

「大丈夫だよ」

その事がおかしくて、少し嬉しくて、また笑いが出る。

診察室に入ると、黒縁眼鏡をかけた男性医師が椅子に座っていた。看護師の力を借りて、診察台に横になる。

「随分と酷く怪我をしたね。一体どうしたの？」

男性医師が安心させようとしているのか優しい声音で明里にそう聞いた。

「夜で足元が見えなくて階段を踏み外しました」

もう何度も何度もついてきた怪我の言い訳は、迷う事なくすらすらと出てきた。

「じゃあ、診るね」

そう言って男性医師はゴム手袋をつけながら慎重に明里の身体に触れた。その途端、先程倉庫で男達に身体を触られた感覚が蘇って身体が震えた。

「大丈夫？　そんなに痛い？」

「大丈夫です」

明里は声を震わせながらそう答えた。

一通り診終わった医師は、明里の腕に包帯を巻き、三角巾で吊るした。

「腕は打撲だね。しばらく動かさないで安静にしておいて。顔の腫れは痛み止めを出しておくから毎晩飲む事。いいね？」

「はい、ありがとうございます」

「ご両親と話がしたいんだけど、来てるかな？」

「両親はいません。祖母と二人暮らしです」

「それじゃあそのお婆さまの連絡先を教えてくれるかな？」

「はい」

祖母にまた迷惑をかける事に申し訳なさを感じた。サメタマの治療費は高い。

「連れてきてくれた子はお友達？」

「そうです。たまたま通りかかったところを助けてくれました」

「良いお友達だね」

そう言って男性医師はにこりと笑った。凄く優しそうな笑顔だった。その笑った時に目が三日月の形になるところが香穏に似ているな、と思った。その時、そう言えば香穏の父親はサメタマで勤務していると聞いた事を思い出した。男性医師の胸元に付けられた名札を見ると、そこには明里の予想した通り、「青山」と書かれていた。

——この人が香穏のお父さんなんだ……。

普段香穏が言っているような厳しい人には見えず、むしろ優しそうに見えたが、家では違う顔を見せるのかもしれない。どちらにせよ、この人が香穏を苦しめているのだと思うと、突然目の前の男の笑顔が気持ち悪く思えた。

診察室から出ると、まだ遠藤くんは椅子に座って明里を待っていた。明里が出てくると、勢いよく椅子から立ち上がり明里の元に駆け寄った。

「大丈夫か？」

いつもの遠藤くんらしからぬ真剣な顔がやっぱりおかしくて笑ってしまう。

「何笑ってるんだよ、こんな時に」

「大丈夫だよ、だからそんな顔しないで」

遠藤くんは笑っている明里に不満げな顔をしていたが、結局何も言ってくる事はなかった。

祖母がタクシーで迎えに来るというので、それまでの間病院の待合室の椅子に二人で腰掛けた。薄暗い病院内に、ポツンと光る緑色の非常灯がぼんやりと遠藤くんの横顔を緑に染めた。

二人しかいないこの場所は静かで、自販機のガーッという音が後ろから聞こえてくる。

「何か飲むか？」

「いいよ。気にしないで」

気にするな、と言ったのに遠藤くんは自販機で炭酸飲料を二本買い、一本をこちらに渡した。

「ありがとう」

明里は右腕を動かせなかったから、遠藤くんが明里の分の缶の蓋を開けてくれた。プシュッという小気味いい音が辺りに二回響く。

「前とは逆だな」

「えっ？」

「前はお前が俺にジュース奢ってくれただろ」

隣の遠藤くんを見ると、遠藤くんはせっかく蓋を開けた缶に手を付けず、缶を手の内に置いていた。そういえば、ピアノコンクールの時に遠藤くんにジュースを奢ってあげた事があった。

そんな小さな事を彼はまだ覚えていたのか。明里はあの時出演するという香穏を観る為コンクール会場に行ったのだが、まさか遠藤くんの弟が出ているとは思わなかった。

「お前はあいつを観に来てたんだな」

遠藤くんの言葉に何も答えられなかった。こんな事に巻き込んでしまって申し訳ない、という気持ちもあったが、今謝ったら彼は怒るような気がした。

「お前と青山の関係をちゃんと聞いてもいいか？」

ついにこの時が来てしまった。明里は唾をゴクリと飲み込むと、意を決して話し始めた。

「私は幼い頃母親を亡くしたの。それで父親と二人で暮らしてたんだけど、その父親に虐待されていた。顔の痣もその時出来たものだよ」

遠藤くんは明里の言葉に多少驚いていたようだったが、黙って明里の話を聞いていた。

「父親は虐待がバレると困るから、私が怪我をしたら激しく怒った。怪我をしたら病院に行かなきゃいけないいから。自分の娘を傷つけてるのは自分自身なのにね」

明里はそこでようやく左手で缶を持ち、一口飲んだ。シュワシュワとした炭酸が口の中に広がり、傷口に染みて痛かった。

「虐待がバレると私は父親から離され、東京から父方の祖母のいるこの街で暮らす事になった。でも、転校先の学校ではすぐに虐められた。中学でもそう。誰が付けたんだか分からないあのあだ名は今じゃ学校中の人が知ってる」

自分の生い立ちを人にこうして話したのは、彼が初めてだった。彼はただ黙って話を聞いていた。相変わらず口を付けていない缶ジュースに、炭酸が抜けていないか心配になった。

「中学二年生の始業式、出席番号順で班が決まって、私は環境班になった。香穏と、遠藤くんもいる班だよ。でもその時私達はまだお互いを知らなさすぎた」

班ごとに挨拶をしている時遠藤くんも確かにそこにいたはずなのだが、明里は彼の事を全く覚えていなかった。その当時の明里にとって、周りの人間は危害を加える人間か、傍観する人間かの二種類しかなく、その二つで人を分けて見ていた為、そのどちらにも当てはまらない彼の事など認知していなかったのだ。

「その時、私の祖母が庭いじりの最中に腰を痛めて、私がご飯を作る事になった。慣れない料理に私の手は傷だらけだった。そんな時香穏が絆創膏を渡してくれたの」

絆創膏、と言うと、それまで難しい顔をして黙って話を聞いていた遠藤くんの眉がぴくりと動いた。

「そんな事、私にとっては初めての経験だった。怪我をする事も、その事を誰かに知られる事もいけない事だと思っていたから。香穏は初めて私と対等に接してくれた人だった。それで、席も近かったし、香穏が話しかけてくれたから自然と仲良くなって、それで気が付いたら……」

「好きになってた？」

明里が言いかけた言葉を遠藤くんが先に言った。

明里は頷いた。

「その時から彼の為に全てを懸けようと思ったの」

遠藤くんは全てを聞き終えると、何も言わず、ようやく手の中に放置されていた缶ジュースを飲んだ。ゴクゴクと勢い良く飲むものだから、缶がへこんでしまっている。全て飲み終えると、彼は一つ大きな息を吐き、明里に尋ねた。

「お前はあいつの為に命を捨てる覚悟があるのか？」

明里は頷いた。

それを確認すると、彼はまた大きく息を吐き、今度は何かを決意したように前に向き直り、口を開いた。

「俺が自首する」

「えっ」

思わず明里が隣の彼を見ると、彼は目の前の非常用のボタンをじっと見ていた。

「そうすればあいつの所に警察が行く事もない」

「何言ってるの？　そんな事したら遠藤くんが警察に捕まるじゃない」

「でもこのままだと警察に犯行場所があそこだとバレる。あいつに疑いがかけられる可能性だってある」

「確かにそうだけど……」

戸惑っている明里とは反対に、彼はもしかしたら自分が犯罪者になるかもしれないというのに堂々としていた。

「お前が頼んだんだろ。あいつを守れって」

「でも遠藤くんがそんな事までする必要はないよ、遠藤くんにそこまで迷惑はかけられない。だったらいっその事私が自首して……」

「それはダメだ」

「どうして！」

「あいつにはお前が必要だろ。俺じゃ、あいつの面倒をずっと見る事は出来ない」

言う言葉が見つからず明里が黙っていると、遠藤くんは更に驚くべき事を言った。

「俺が警察に自首して少ししたら、俺が商店街であの女の子に声をかけている所を見たって証言しろ」

思わず明里がハッと息を呑むと、遠藤くんは特にその事を気に留めていない様子で淡々と話し続けた。

「特徴は覚えてるな？　トートバッグの事もアイツから詳しく聞け」

「で、でも……」

「もう一度聞く。お前はあいつの為に命を懸ける覚悟があるんだな？」

それまでずっと前を見ていた遠藤くんが、その時初めて明里の目を見た。その真剣な眼差しに、明里が唾を呑み込みながらゆっくりと頷くと、彼は明里の目を見ながら言葉を続けた。

「なら俺もそれに協力する。その為なら何でもする。たとえ犯罪者になってもだ」

「ごめん、ごめん遠藤くん……」

明里の目からポロポロと落ちる涙が、スカートにシミを作った。

「いいか、これは全てを捨てる覚悟で臨まなきゃいけない。お前にその覚悟はあるのか？」

涙を拭きながら明里が頷くと、遠藤くんはハンカチを差し出した。

「ごめん……ごめん……」

溢れる涙が止まらなかった。自分の弱さも、彼に甘えてしまうずるさも、それに気付いていて何も言う事のない隣の彼の優しさに、胸がいっぱいになった。

「それ拭いたら返せよ。お前が持ってたら怪しまれるからな」

彼とこうして話すのはこれが最後なのだと思うと、悲しくて悲しくて仕方がなかった。その時、明里は彼の事が意外と好きだったのだと気付いた。イマイチと言いつつ明里の作ったおかおにぎりを全て食べた彼の不器用さも、自分の弟が入賞した時心から喜んだ顔をした彼の優しさも、数学の問題が分からないと愚痴をこぼしながらも真剣に明里の説明を聞く真面目さも、全部彼らしく、そしてそんな彼だからこそ友達になれたのだと思った。

――それは、お前が友達だからだ。

彼がそう言った言葉を思い出し、あの時ちゃんとお礼を言っておけば良かったと後悔した。今、「ありがとう」と言うのは、彼に対してとんでもなく失礼な事だと思った。彼のハンカチを返したら本当にこれで終わりになってしまいそうで、怖かった。どうか、あと少しだけ、彼がハンカチを貸してくれますように。そして、こんな弱い私を許してください。

神にそう祈りながら、明里はハンカチを確かめるように握った。

夜、公衆電話から突然電話がかかってきた。香穏だ。香穏には、連絡する時には携帯を使わず、公衆電話からかけるように言っておいたのだ。

最近、香穏は頻繁に明里に電話をかけてくるようになっていた。やはり、富樫が毎日学校に来る事がストレスになっているらしく、本当に大丈夫なのか、と不安がって毎日聞いて来た。今日の電話もまた同じ要件だろうと軽く通話ボタンを押し込むと、そこから聞こえて来たのは香穏の悲鳴にも近い声だった。あまりの大きさに思わず携帯から耳を離してしまった。

「どうしたの!?　何かあったの？」

「明里……！　明里……！　どうしよう、僕本当に捕まるかもしれないよ！　どうしよう」

あの日の夜と同じだった。電話口の香穏が鼻水をすする音が聞こえた。

「大丈夫、あの刑事も直に来なくなるから。証拠も証言もちゃんと揃ってる。香穏が疑われる事はない」

「じゃあ何で父さんのとこに刑事が来るんだよ！！！！！！！！」

香穏は怒鳴るように大声でそう言った。

「刑事？　どういう事？」

香穏は取り乱していて、ハアハアと荒い息遣いが向こうから聞こえた。

「何かあったのね？」

明里がそう尋ねると、香穏は数十秒間の間息を整え、落ち着くと今度は蚊の鳴くほど小さい声で話し始めた。

「今日、父さんの所にあの刑事が来たんだ。明里の怪我を診た事で事情を聞かれたって言ってた」

「……」

「明里、僕の所にまで刑事が来たらどうしよう。僕捕まるのかな」

「そうはさせない。そんな事はさせない」

「でも、父さんの息子が僕だって事、調べればすぐに分かっちゃうよ」

「大丈夫。私が何とかするから」

「何とかってどうするの？」

「今は分からない……考えてみるからとりあえず今日はもう家に帰って」

「分かった」

通話終了ボタンを押しながら、明里はこれまでになく、焦っていた。あの刑事がついに香穏の父親にまで辿り着くなんて。どこまでも目障りな刑事だ。明里は忌々しげに舌打ちをし、椅子に座ると頭を抱えた。

＊

「生田！　いるか？」

「はい。先生」

放課後、扉から駆け込んできた担任は明里の姿を見ると安堵のため息をついた。「良かった。もう帰ったとばかり……」

周りは、もう帰ってしまっている子ばかりで、教室には明里だけだった。

椅子に座って待っていた明里は席を立つと、担任の元へ向かった。

「悪いな。実を言うとまた……」

「分かってます。今から向かいます」

「いや、本当に悪いな。手短に済ますよう言っておくから」

そう言う担任の後に続く。授業が終わっても待っていたのは、あの男の為だった。あの男は必ず今日自分の元へ来るはずだと明里は踏んでいた。そして、やはりそれは当たった。

「それより何でこんな時間まで残ってたんだ？」

「自習してたんです」

「そうか、生田は偉いな」

担任は汗を拭きながら笑うと、職員室の前で止まった。明里は、鼻で深く息を吐き出すと、扉を二回ノックし、中へ入った。

明里の姿を見ると、いつものソファから立ち上がった富樫は、軽く頭を下げた。

その姿を確認すると、明里は向かい側のソファまで向かった。

「ごめんね、何度も」

「いいえ、大丈夫です」

「まぁ、座って」

促されるまま明里がソファに腰掛けると、富樫も腰を下ろした。

「遠藤くんは今少年院にいるよ。この前面会に行ってきたんだ」

「そうですか」

「彼の家族は今バラバラになってるんだ。中学一年生の弟さんと小学二年生の弟さんは遠くの祖父母の家に預けられているらしい。母親にも会ったけど、大分やつれているようだったよ」

「何故そんな事を私に？」

「伝えておいた方がいいかと思って」

富樫、どこまでもやり口の汚いやつ。大方、遠藤くんに同情するような可哀想な話を聞かせて明里を動揺させるつもりだろう。しかし、こんな事でボロを出すほど明里も馬鹿ではない。

明里はいつも通りの顔をして慎重に答えた。

「随分と冷静だね。自分の証言で彼が捕まったのに」

「彼は犯罪者です。同情の余地などありません。それに、その言い方だとまるで私が証言しなかった方が良かったみたいに聞こえますけど」

「いや、仮にも同じクラスメイトなのに君は他の子とは違って全く動揺している様子がなかったから」

「私は彼とは関わりがなかったし、彼の事もよく知らなかったので」

「そうか」

富樫は表情を曇らせ、組んだ手をじっと見ていた。

「あの、これ以上遠藤くんと私の事を調べても何も出てこないと思います。お話がこれだけなら私はこれで失礼します」

「いや、今日は別の話があるんだ」

明里はソファから浮かせかけた腰をまた下ろした。

「お話とは？」

「怪我の方はもう良くなったみたいだね」

富樫は、すっかり元通りになった明里の右腕を見た。

「はい」

「その怪我を診てくれたのは○○病院だそうだね」

「はい。この街の人は何かあったら大抵そこに行きます」

「サメタマ、だっけ？」

「よくご存知ですね」

「いやぁ、色々調べてるうちにたまたま聞いたんだよ。それにしても皮肉だね」

一体どこまでこの街の事を調べていると言うのか。その執念に半ば呆れつつ、明里は焦っていた。この男はどこまで知っている？　もし、サメタマまで連れてきたのが遠藤くんだという事まで知っていたら、この計画はおしまいだ。しかし、次に富樫の口から出た言葉は、全く意外なものだった。

「君のお婆さんは確か働いていなかったね？」

質問の意図が分からず、明里はこれまで以上に慎重に言葉を選びながら話した。

「えぇ。祖母は退職してから年金を貰って生活しています」

「学校のお金はどうしてるの？」

「父親が月に一度、生活費と共に振り込んでくれます」

「生活保護は受けていないの？」

「祖母は土地を持っているので生活保護は受給出来ませんでした」

「家計は大変？」

「えぇ。まぁ、何とかやり繰りしています」

この男が何を考えてこんな質問をしているのかさっぱり分からなくて、明里は戸惑った。富樫は表情を崩さず、相変わらず人の良さそうな微笑みを顔に貼り付けている。それがますます気持ち悪かった。

「君のその怪我の治療費の事だけど、医療扶助を受けてるね」

富樫は明里の顔を真っ直ぐ見た。

「治療費が高いっていうのは嘘じゃないみたいだね。確かに怪我の診察だけであれは高い」

何を言おうとしている？　何を聞きたい？

「でも調べたら、その治療費がほぼ全部病院の方で負担されていた」

明里は思わず息を止めた。

「明らかに医療扶助の域を超えている。どうしてだか心当たりはあるかい？」

「いいえ、ありません」

明里は明らかに動揺していた。まさか、そんな事を聞かれるなんて思ってもいなかった。治療費が何故病院の方で全額負担になっているのか、明里にも理由が分からなかったし、そんな事初めて聞いた。

「君を診てくれたお医者さんは覚えてるかい？」

心臓がドクンと跳ね上がった。自分の答え次第では、香穏が不利な状況になる。

しかし、富樫がその事を聞きに今日ここに来る事は分かっていた。この質問も予想していた事だ。少しイレギュラーな質問をされ動揺してしまっただけで、答えはちゃんと用意してある。

「いいえ、覚えていません」

「青山医師と言うんだけど、その人が君の医療費を全額負担してくれたんだ」

それまで表情を崩さないよう努めていた明里だったが、その時ばかりは驚きの表情を隠せなかった。

「えっ？」

「青山医師が口添えをして、君の治療費を個人的に負担してくれたんだ」

——一体何故……。

香穏の父親が何故そんな事をしたのか明里には全く心当たりが無くて、ただただ富樫の口から聞いた真実に戸惑った。

「君と青山医師は一体どんな関係なんだい？　知り合いかい？」

なんて、なんて答えればいい。知っていると答えたら香穏の身が危険になる。

しかし、見ず知らずの一般市民の治療費を全額負担するなんて、あまりにもおかしな話だ。

明里が答えに迷っていると、富樫が身を乗り出し、それまでの明里に向けていた優しい表情を崩し、真剣な顔つきになった。しかし、その顔は刑事の顔ではなかった。

「生田さん、もし何か隠している事があるなら話して欲しい。刑事として言っているのもあるけど、一人の人間としてお願いしている。僕は君や、遠藤くんを助けたいんだ。僕を信じてくれ」

目の前の男の曇りのない視線に、明里は戸惑った。何を言ったら良いか分からず、自分でも目が泳いでいるのが分かった。今の明里は明らかに挙動不審だ。

これ以上ここに居たらボロが出てしまう。

「すみません、何を仰られているのか分かりません。遅くなると祖母が心配するので失礼します」

「生田さん！」

席を立ち、職員室から出て行こうと背を向けた明里を富樫が呼び止めた。

「遠藤くんのお父さん、職を失ったんだ」

「……」

「生活費もろくに稼げないそうだ」

「失礼します」

ピシャリと扉を閉め、すっかり暗くなってしまった廊下を早足で歩く明里の頭は、熱を持ったみたいに熱かった。

先程富樫に言われた言葉が明里の肩をズシリと重くさせた。遠藤くんの父親が職を失ったという話は、明里にとって聞き流せるような話ではなかった。

病院のベッドに横たわりながら、明里の名を呼び微笑む父親の姿を思い出した。

事故で仕事をクビになってから、人が変わったように毎日お酒を飲み帰ってきた父親に付けられた痣が、雨でもないのにやけに疼いて仕方なかった。覚悟していた事だが、遠藤くんやその家族の人生を本当に奪ってしまったのだ、という事を実感すると罪悪感で押し潰されそうだった。だが、ここまで来て、後には退けない。心を鬼にするのだ。明里は拳を強く握った。

*

香穏は、最近学校を休む回数が増えた。

やはり、刑事が父親の所に来たという事がストレスのようだった。

香穏が学校に来た時に渡そうと、休んでいた分の授業のノートのコピーを取っておいたのだが、香穏が学校に来なくなって二週間が経った頃、担任に呼ばれた。

担任はノートのコピーを香穏に届けて欲しいと頼んだ。今、明里が香穏の家に行けば、富樫から変な疑いをかけられる事になる。

「学級委員の佐原さんにお願いしたらどうでしょうか」

「生田は青山と仲良かっただろう。青山も生田が行けば喜ぶと思うぞ」

「……はい……」

不安が消えないわけではなかったが、今日は富樫はここに顔を見せていない。少しくらいなら大丈夫かもしれない。何より、しばらく顔を見ていなかった香穏に会いたいという気持ちが抑えられなかった。渡された地図を頼りに、香穏の家へと向かう。その家は、高級住宅街と思われる区画のど真ん中にどっしりと構えていた。庭にきっちりと並んで咲いている薔薇の花の様子から、この花の世話をしている人物はとても貴重面なのだろうという事が窺えた。香穏には学校で何度も顔を合わせているが、家でちゃんと会うのはお祭りの夜以来だ。何だかやけに緊張し、ドキドキと逸る鼓動を抑えインターホンを押した。

しかし、何も応答がない。もしかして留守なのだろうか。少し落胆しつつ、帰ろうとするとガチャリと重たい扉が開く音がした。振り向くと、中から綺麗な洋服を着た四十代くらいの女性が出てきた。この人が、香穏の母親に違いない。じわっと出てきた手汗を制服のスカートで拭くと、明里は鞄からプリントを取り出した。香穏の母親は門まで近付いてくると、明里をじっと見た。その目線が怖かったが、明里は勇気を出してお辞儀をした。

「すみません、私、香穏くんのクラスメイトの生田明里と言います。香穏くんが休んだ分のノートを届けに来ました」

「知ってるわ」

「えっ」

母親は、明里を冷たい目で見下ろした。

「貴方が香穏の周りを彷徨いてる事も、お祭りに香穏を連れ出した事も知ってるわ」

「す、すみません……！　香穏くんがどうしても行きたいと言ったので……」

目の前の母親は、ただその場にいるだけでとてつもない圧を感じた。そのオーラに思わず足が竦みそうになる。

「これ以上香穏に近付かないでもらえるかしら」

「すみません、でもノートのプリントを渡したくて。香穏くんはいますか？」

「香穏を貴方に会わせるわけないじゃない」

「どうしても会えませんか？」

「しつこいわね。香穏は今いないわ。塾に行ってるから」

母親は忌々しげに舌打ちをした。

「これ以上香穏に近付かないで」

香穏から母親の話は聞いていたが、まさかここまで自己中心的で過保護な親だとは思わなかった。一体、お前の息子がした事で、こちらがどれだけ苦労しているというのか。

「それは香穏くんが決める事だと思います」

「何ですって？」

「中学生なんですから、誰と付き合ってどこに行くかを決めるのは香穏くん本人ではないですか？」

「は、どこまでも図々しい女ね。うちが怪我の治療費を払ってやった事忘れてるのかしら」

治療費の事を話題に出され、明里は思わずハッとした。実は、今日ここに来たのはその事を聞く為でもあった。富樫に会った日から、明里は治療費の件を聞きにサメタマまで行ったのだが、何故か明里が病院に行くと、毎回青山医師は不在だった。しかし、向こうからその話題を出してくれるなら好都合だ。

「あの、何故青山医師は私の治療費を……？」

「夫は何もしてないわ。貴方の治療費を負担するよう頼んだのは私よ」

「え？」

「全部チャラにしてあげたんだから、これからは一切香穏に近付かないで。次ここに来たら許さないから」

言うだけ言うと、母親は家の中へと戻って行った。残された明里は混乱していた。何故今日初めて会ったばかりの、しかも明里の事を毛嫌いしている香穏の母親がそんな事をしたのか分からなかった。所謂、手切れ金のようなものだろうか。全て金で解決しようとする香穏の母親に腹が立った。しかし、実際治療費を負担してもらった事で、こちらが助かったのは事実だ。汚い。本当に汚い。明里はやり場のない憤りを感じながら取ってきたノートのコピーを鞄に仕舞った。

＊

香穏はそれから全く学校に来なかった。こちらから連絡する事も、家に行く事もできず、ただただ香穏の様子が気になってヤキモキした日々を送った。

季節はもう冬になろうとしていた。しかし、久しぶりに香穏の名を学校で聞いた時、明里は驚きのあまり自分の耳を疑った。その日、授業は途中で中止され生徒達は皆家に帰された。

何故なら、香穏が、母親を殺したからだった。

＊＊＊

「酷いな、こりゃ」

本田さんがブルーシートをめくり、そう呟いた。

「何回切ればこうなるんだ？」

富樫も被害者の姿を確認したが、首や腹が包丁で何回も切り刻まれていて、その姿は惨たらしかった。

「富樫、お前昨日息子に会ったんだろ？」

「はい」

「その時の様子はどうだった」

「昨日、息子が通う塾に行って息子に会いました」

「それで？」

「自分の読み通りでした。彼女の名前を出すと明らかに動揺した様子でした」

「そうか……」

広い家だというのに、これだけたくさんの人間が出入りしていると窮屈に感じた。

「富樫、お前気を落とすなよ」

「えっ」

「そんなシケた面してるとこっちまで気分が悪くなる」

「すみません……」

自分はそんなに暗い顔をしていただろうか。自分の頬を両手で触って揉みほぐす。被害者を殺したのは、実の息子である青山香穏だった。帰宅した父親が血だらけで倒れている母親と、その横に座り込む息子を発見し、警察に通報した事で事件が発覚した。

「被害者の自室から見つかったものです。ご確認お願いします」

鑑識の人間が、本田さんに表紙が黒い革で出来た分厚いノートを手渡した。

「なんだこれ？」

「被害者の日記と思われます」

「ふむ」

本田さんがパラパラと中身を確認する。

やがて、一通り目を通すと深いため息をついてそれを富樫に手渡した。

「読んでみろ」

言われた通り、ノートを受け取りページをめくる。そこに書かれていた内容は、富樫の想像を絶するものだった。

*

四月七日。

今日から香穏も中学二年生。一年生の時外国に半年間ホームステイしていたため周りと馴染めるか不安そうだったが、新しいクラスに満足した表情で帰ってきて安心した。お腹を痛めて産んだ香穏がもう十三歳という事に驚き、そしてここまで育ててきた自分も褒めたい。香穏の中学二年生が充実した日々でありますように。

四月二十八日。

今日香穏が、学校から給食が廃止されるというプリントを持って来た。前に家族で知り合いの洋食屋に行った時、香穏が気に入っていたオムライスを入れてあげようと思う。


五月十三日。

最近香穏が変な女と仲良くしているらしい。香穏の口から聞くその女の話はどれも気に入らなくて、不愉快極まりない。

その女は学校でも孤立しているらしく、噂で聞いた話では数年前に東京から越してきたらしい。東京から来るなんて、よそ者ではないか。香穏が何故そんな変な女と仲良くしているのか不思議でならない。今日香穏が帰ってきたら注意しようと思う。


五月二十九日。

今日は香穏が門限に二十分も遅れて帰ってきた。誘拐でもされたんじゃないかと心配していたと言うのに、何とあの女と公園に居たと言う。夜遅くにあんな女と一体何をしていたと言うのか。問いただしても、香穏は何も答えない。あの女はどうも、顔に特徴的な痣があるらしい。もし、近所の人間に香穏とそんな女が歩いているのを見られ、変な噂でも流されたら困るのはうちの方だ。夫は仕事ばかりで何の役にも立たない。香穏を正しい道に導いてあげられるのは私だけだ。今後はより一層キツく言っておかなければ。

六月六日。

昨日は香穏のピアノ教室の発表会だった。年に一度の発表会だと言うのに、香穏の弾いた曲は『子犬のワルツ』で、歳下の涼太くんは『幻想即興曲』だった。香穏の実力ならもっと難易度の高い曲を弾けるはずなのに、先生は香穏の力を見誤っているとしか思えない。納得がいかなかったので朝電話でその事を伝えた。先生は、香穏にもっと難易度の高い曲を弾かせるよう約束してくれた。これで一安心だ。

六月十三日。

今日、とても恐ろしい事が起きた。警察の人が帰り、これを書いている今も思い出しては手が震えそうになる。香穏が近所の不良に襲われたのだ。だからあれだけ、夜遅くに一人で外を出歩かせるのは危険だと言ったのに。ＧＰＳ機能付きの携帯を持たせるから、と夫に言われ、私が渋々了解してしまったのが過ちだった。たまたま通りかかった同じクラスメイトの遠藤という男子生徒のおかげで香穏が怪我をする事はなかったが、今後もあの塾に通わせるのは危険だと判断し、塾は前通っていた所に戻す事にした。その男子生徒に感謝してもしきれない。今度手土産を持って挨拶に行かなければ。

六月十六日。

香穏を不良から助けた遠藤という生徒の家に行ってきた。なんとその生徒は近所でも有名な不良らしく、不良から不良に助けてもらったなんて不名誉極まりない。

母親も、何だか礼儀知らずな親だった。

どうして香穏の周りには変な奴ばかり付いてくるのだろうか。私が香穏に付く変な虫を追い払わなければいけない。


六月十八日。

香穏がピアノコンクールの県大会に出れるように先生にお願いしておいた。

このコンクールで優勝すれば、本選に出れる。香穏の名を世間に轟かせる絶好の機会だ。香穏の為、レッスン時間を増やし、防音設備のある部屋も作った。香穏も、コンクールに出る事になったと聞くと驚いていたがとても嬉しそうだった。私も香穏もこのコンクールに全てを懸けて臨むつもりだ。


七月二十日。

信じられない事が起こった。怒りでどうにかなってしまいそうだ。昨日は香穏のピアノコンクールだった。残念ながら優勝は逃したが、問題はそこではない。なんとあの不良少年の家の次男に負けたのだ。うちは高いお金を払ってわざわざ有名な元ピアノ奏者に教えてもらっているというのに、近所のピアノ教室に通っている、しかも不良を育てるような家の子に香穏が負けるなどあり得ない。これでは香穏の名誉が傷付けられる。それに、香穏も香穏で、歳下に負けたというのに全く悔しそうな様子を見せない。それに、香穏は全く違う解釈をして曲を弾いていた事が分かった。高いお金を払ったというのに全て無駄になった。ただただ怒りと屈辱の気持ちでいっぱいだ。

七月三十日。
香穏が泣いていた。原因は中間テストの件だ。ピアノコンクールの練習で勉強をする時間が無かった香穏は悔しくも今回成績はあまり振るわなかったのだが、その成績表を掲示板に貼り出されている事が辛いようだ。香穏が泣くほど辛い思いをしていると思うと、胸が張り裂けそうだ。明日にでも学校に行き、今すぐ成績表を剝がすよう柴崎先生に頼まなければ。

七月三十一日。
今日は疲れてしまった。香穏がついさっき帰ってきたのだ。今まで何度か時間を守らない事はあったが、ここまで遅くなるなど初めての事だ。ＧＰＳ機能も壊れているのかもしれない。ずっと双葉川の河川敷の近くを示しているのだ。それに、帰ってきた香穏の様子も何かおかしかった。全身びしょ濡れで、叱っても、心ここにあらずといった表情でぼーっとしている。とにかく、誘拐ではなかった事に安堵したが、今後、二度とこんな事がないよう帰ってきた香穏を厳しく叱責しておいた。香穏はさっきお風呂に入って、今は自室で寝ている。とにかく今日は疲れてしまった。私も、もう寝ようと思う。

八月一日。
とても自分だけではこの思いを抱えきれそうにないので、ここに書いておこうと思う。今朝、双葉川で近所の小学生が遺体となって発見されたとニュースで放送していた。それだけでも恐ろしい事だが、問題はそこではない。昨日の夜の香穏の様子が、どうにも頭から離れないのだ。なんだかとても嫌な予感がする。昨日、香穏のＧＰＳ機能が双葉川の近くを指していた事と、今朝の事件と何か関係しているのだろうか。不安で堪らない。香穏の身に何も無ければ良いのだが。

八月三日。
香穏に内緒でこっそり香穏の携帯を携帯ショップに持って行って見てもらった。てっきり壊れていると思ったのに、店員はＧＰＳ機能は正常に作動していると言う。何だか胸騒ぎがしてならない。

八月二十五日。
私の心配も杞憂に終わった。あれからあの事件の事は段々世間から忘れ去られ、今では全くテレビで見ない。警察も、誘拐犯が別の場所で殺し、その後死体を川に遺棄したと見ているようだし、やはり香穏はあの事件には全く関係がない。関係あるはずない。優しい香穏が人殺しをするなどあり得ない。あの日の夜GPS機能があの場所を指していたのは何かの間違いだったのだ。もうこの事は忘れようと思う。

八月二十六日。
夜、あの女が家に来た。香穏を連れ、近所で開催されるお祭りに行ったようだった。カーテンの隙間からこっそり見たあの女には、聞いていた通り顔に特徴的な痣があった。噂では聞いていたが、まさかあそこまで目立ったものだとは思わなかった。香穏を見た時のあの女の顔がどうにも気持ち悪くてならない。本当は今すぐにでも出て行って叱ってやりたかったが、香穏が久しぶりに笑顔だったので我慢した。ここ最近、香穏は家に引きこもりがちでなかなか笑顔を見せなかったので心配していたのだ。あの女が隣にいるのは気に入らないが、香穏が笑顔なのは何よりだ。

八月二十九日。

あの女が家に来たと思ったら、今度はあの男が来た。遠藤だ。遠藤は卑劣だ。悪魔だ。あろう事か、香穏に馬乗りになり胸ぐらを掴んだのだ。私が止めに入ったら、勢い良く突き飛ばされた。その凶悪さに開いた口が塞がらない。暴行罪で訴えてやろうかと思ったが、遠藤は一つ気になる事を言った。『お前が何であの女の子を殺したのか知らないが』と言ったのだ。素行の悪さだけではなく、口も悪い遠藤に反吐が出そうになる。よくもそんな恐ろしい出任せを言えたものだ。香穏が人殺しなどと。しかし、更に気になったのはその後の香穏の様子だ。それまで一切反抗した姿を見せなかった香穏が、初めて私に逆らったのだ。あんな尋常ではない様子の香穏は初めて見た。遠藤は、香穏に『生田が襲われた』という内容の事を言っていた。生田とは、あの女の事だ。遠藤とあの女が繋がっている事に驚いたが、もしあの二人が繋がっているならあの女も香穏を人殺しだと思っているのだろうか。とにかく、何だか嫌な予感がしてならない。

八月三十日。

遠藤があの双葉川の死体遺棄事件で自首した。昨日の今日だ。何か裏にあるのではないかと勘繰ってしまう。昨夜、遠藤が家に訪ねてきた事が何だか引っかかる。それに、遠藤の言う通りあの女は実際襲われたらしい。夜間救急で入ってきたのを診た、と夫から聞いた。本当にこんな事を考えてしまっている自分が一番恐ろしいが、もしかしたら香穏があの事件に関わっているのではないかという気がしてならないのだ。もしそれが本当で、遠藤が警察で何か喋ったりでもしたら、と思うと気が気ではない。遠藤と繋がっているのだから、それはあの女も同じだ。

一応、念の為あの女の治療費を負担するよう夫に言っておいた。これが、後に役に立てば良いのだが。

九月二十五日。

夏休みも明けしばらく経つと言うのに、香穏は最近どうにも何かに怯えているそぶりを見せる。遠藤がつい先日逮捕されてからその兆候は多くなっていた。常にビクビクとしていて、たまに学校から帰って来ると物凄く思い詰めた表情で自室に籠もる事が多くなった。本当は何があったのか聞きたいが、香穏の口から話してくれる事を信じて待ってみようと思う。

九月二十七日。

今日、夫の職場に刑事が来たらしい。

あの女の怪我を診たのか聞かれたと言っていた。その事を知った香穏は顔を真っ青にし、夕食も半分以上残すと何処かへ出掛けてしまった。ここ最近、たまに香穏は夜に何処かに行っているようだった。夜に出歩くのは禁止していたが、何だか最近の香穏には声を掛けづらい。結局十分程したらちゃんと帰ってくるし、今回も黙認した。刑事が夫の職場に来るなんて一体何故なのだろうか。もう事件は解決したはずなのに、一体何を嗅ぎ回っているというのか。心配で夜も眠れない。

十月六日。
最近香穏は学校を休みがちになった。朝、学校へ行く時間になるとお腹が痛いと言う。しかし、病院へ行こうと言うとそれは嫌だと拒否する。仮病なのだろうが、ここ最近香穏は学校に行くのが辛そうだったし、暫く休ませようと思う。授業に出ない分、塾は今の所からまた進学塾に戻り、送り迎えは私がする予定だ。香穏を傷付ける全てのものから香穏を守らなければいけない。香穏を守れるのは私しかいないのだ。

十月二十日。
あの女が家に来た。モニターに映るあの女の顔を見た瞬間寒気がした。外に出て行くと、ご丁寧にも自分の名前を名乗り、休んでいる分のノートのコピーを持ってきたと言う。香穏が苦しむようになったのは、元はと言えばこんな女と関わるようになったからだ。その途端、目の前の女に殺意が湧いた。これ以上香穏に関わるな、と言ったら、生意気にも私の教育に口出しをしてきた。しかし、治療費を負担してやった話を持ち出すと、すごすご帰って行った。後に何かあった時の為にと保険をかけてやった事だが、こうも早く役に立つとは思わなかった。どちらにせよ、これでもうあの女が香穏に関わる事はない。とりあえず、一安心だ。

十一月二日。

先程夫から連絡があった。刑事が香穏の通う塾に向かったらしい。何故塾の場所を教えたのだ、と苛々したが、刑事に言われたんだから仕方ないだろ、と言われ黙るしかなかった。夫は香穏の事を何も考えていない。香穏を家に送り届けたら、今まで香穏に聞けなかった真実を聞こうと思う。

*

そこで日記は終わっていた。

最後の日付は、確かに自分が青山の塾に向かった日の日付だ。この日記を書いた後に、被害者である母親と青山の間に何らかのトラブルがあり、それが母親を殺す経緯に至ったのだろう。この日記はとても重要な証拠品だ。何しろ、遠藤と生田が繋がっている事と、結愛ちゃんが殺された日、青山が犯行現場に居た事がしっかり記されている。しかし、事の真相が分かりつつあるのに、その内情は全く掴めないままで、むしろ混乱するばかりだった。もしこの日記に書かれている事が本当なら、青山が結愛ちゃんを殺し、生田と遠藤がそれを庇っている事になる。一体何故そんな事をしているのか、富樫には皆目見当もつかなかった。

＊

あの胡散臭い新人刑事の富樫は、何度も少年院に足を運んでは里聖に面会を求めてきた。富樫は、里聖の顔を見ると決まって毎回「元気だったかい？」と聞く。里聖は富樫のその作ったような笑みが苦手だった。大抵、富樫はくだらない雑談を一通り話し終えると帰って行った。そんな事を週に何度も繰り返すから、どれだけこいつは暇なのだろう、と半ば呆れる。一度、「あんた暇なんだな」と言うと、困ったような顔をしてハハハ、と富樫は笑った。しかし、最近はどうも忙しいらしく中々顔を見せなかった。十一月になり、作業服一枚で過ごすには寒さが厳しくなってきた頃、いつものように作業室で作業をしていると名前を呼ばれた。またどうせ富樫が面会に来ているのだろう。重たい腰を上げ、教官の後についていくと、そこはいつもの面会室ではなく、暖房の効いた暖かい部屋だった。椅子に座っていた富樫は里聖の顔を見ると立ち上がり、「元気だったかい？」と聞いた。

「まぁ座って。遠藤くん紅茶は好きかい？　温かいの淹れてもらったんだ」

机には洒落たティーカップが二個並んでおり、そこからもわもわと白い湯気が出ていた。久しぶりに顔を見せたと思ったらこんな待遇の良い扱いをするなど、一体どういう風の吹き回しだろうか。

半ば疑いながら里聖が言われた通り椅子に座ると、富樫も向かい側に座った。

「最近顔を見せられなくて悪かったね」

「あんたもようやくここに来る事以外に仕事が出来たんだな」

「まぁ、合ってると言えば合ってるんだけど……」

皮肉を言ったのに、相変わらずの反応の富樫は、いつもみたいな作り笑いではなく真剣な顔をしてそう言った。その様子がいつもと違うので、何か違和感を覚えた。

「遠藤くん、そろそろ本当の事を言ってくれないか」

「何の事か分かんねぇな」

「君と生田さんが青山くんを庇ってるのは知ってる」

里聖は思わず目を見開いた。その様子に、富樫は確信を得たのかハッキリとした口調で言葉を続けた。

「本当は君は結愛ちゃんを殺してなんかいないんだろ？」

「何言ってるのかわかんねぇ、俺が確かに殺したんだ。それに生田と青山って誰だよ、そんな奴知らな……」

「遠藤くん、もう嘘をつく必要はないんだ」

里聖の言葉を遮って、富樫は口調を強めてそう言った。何故バレている？　どこまで知ってる？　生田の名前が出た事で里聖は噴き出す汗が止まらなかった。

それに何故この男はこんなに自信あり気なんだ？　何か証拠を掴んだのか？

考える事が沢山あって頭の処理が追いつかなかった。しかし、その数々の疑問を全て打ち消すかのように富樫が決定的な一言を口にした。

「青山くんが捕まった」

「は」

思わず間の抜けた声が出た。

——青山が……捕まった？

何故だ。証拠も自白も揃っている。何の問題も無いはずだ。あいつに疑いの目が向けられる事がないよう何度も何度も念入りに確認したんだ。

「青山は嘘をついてるんだ！　俺が殺したんだ、本当だ！　信じてくれ」

「違うよ。青山くんは別の容疑で家庭裁判所に送られた」

「は？　別の容疑？」

「母親を殺したんだ」

富樫の口から出た言葉は半ば信じ難い内容だった。青山が母親を包丁で何度も切り、殺したと言う。青山の貧弱そうな顔が浮かんだ。いつも母親にぺこぺこして奴隷のように従っていたあのマザコンが、まさか母親を殺すなんて信じられるわけがなかった。

「嘘だろ。そんなの」

里聖の口から出た言葉は驚く程弱々しかった。

「嘘じゃない」

里聖はどうしたらいいか分からなかった。青山は自分と生田が庇っている件で捕まったわけではないが、他の事件で捕まるなど想定外だ。これでは、自分達が命を懸けてやってきた事が全て水の泡ではないか。この事を、生田は知っているのだろうか。

「青山くんには別の容疑も掛けられている」

里聖は恐る恐る顔を上げた。

「新田結愛の殺人の罪だ」

心臓がドクンと大きく鳴った。バレている。青山があの女の子を殺した事。

ショックと動揺で頭がクラクラした。

「君はもうここにいなくていい。出所してもらう。その為に着替えも持って来たんだ」

富樫は隣の椅子から紙袋を取り出し、机の上に置いた。中からチラリと暖かそうな緑色のセーターが見えた。起こっている事が唐突すぎて、ついて行けなかった。

「俺が殺したんだ……本当に……」

「七月三十一日、事件が起きた夜九時過ぎ、君が近所を歩いているのを見たという人間がいるんだ」

もう里聖の言葉に何の信憑性もない事は明らかだった。里聖は太ももの上の拳をキツく握り締めた。

「君は結愛ちゃんが死んだ時河川敷には居なかったね？」

もう何も言えなかった。全てバレてしまっている。俺が何を言っても無駄だろう。里聖は深くうなだれた。

「遠藤くん、あの夜何が起こったのか話してくれないか？」

「……」

「僕は、いや俺は、真実を知りたいんだ」

「……」

「この事は言うべきか迷ったけれど、結愛ちゃんの死因は頭部を殴られた事によるものじゃないんだ」

里聖はゆっくり顔を上げた。富樫は里聖がこちらを向いた事を確認すると、覚悟を決めたかのように肩で大きく息をし、口を開いた。

「彼女は意識を失っていただけなんだ。川に捨てられた事による水死。それが死因だ」

「嘘だ……」

「嘘じゃない。突き飛ばされて頭を打っただけじゃ人は死なない。意識を失っているところを川に放り投げられたから……」

「やめろ!!!!」

里聖は思わず拳で机をドンっと叩いた。これ以上聞きたくなかった。水死?　それではあの時あの女の子はまだ死んでいなかったと言うのか?　それでは川に捨てたのは……。

「遠藤くん、君の証言次第では青山くんの罪が軽くなるかもしれない。君が守ろうとしてる生田さんだって守れるかもしれないんだ」

「生田は……今どこですか……」

「警察で取り調べを受けてる。重要な参考人として」

目の前が真っ暗になるとはこの事を言うのだろう。里聖は視界がサーっと暗くなっていくのを本当に感じた。青山を守り切れなかったのは無念だが、せめて生田だけでも守らなければ。この富樫の様子なら、まだ生田には本当の死因は伝わっていないはずだ。生田が川に捨てたという事実は死んでも隠し通さなければ。

「知りません」

「遠藤くん……」

「俺は何も知りません」

里聖は富樫の目を見てハッキリそう答えた。

＊

「どうだった」

「ダメです。知らないの一点張りです」

「女生徒の方はどうなんだ」

「こちらも遠藤と同じで青山はやっていないの一点張りです」

「そうか……」

　警察内部は今青山の件でてんてこまいだった。青山の母親の日記から事実が発覚し、遠藤は釈放された。捜査は一からやり直しとなった。遠藤を逮捕した事で取り戻した警察の威信も、誤認逮捕だったと知られたら今度こそ地に落ちるだろう。だから、警察は青山から自白を引き出そうと必死だった。

「青山もあの様子だろ？　もう事件解決は難しいかもしれないな」

　青山は完全に自我を喪失しており、まともに取り調べを出来る状況ではなかった。今、詳しい検査のため精神病院に入院している。

「まさかこんな事になるなんてな」

　本田さんが隣でボソリと呟いた。

「一体あの三人の間に何があったんだか」

「分かりません。ただ一つ共通していたのは、三人とも家庭環境があまり上手くいっていなかったという事です」

「子供は親を選べないからな」

本田さんの言葉を聞きながら、富樫は暗い気持ちになっていた。

＊＊＊

久しぶりに会った生田は酷くやつれていた。顔に生気がなく、目は落ち窪んでいて、腕や足は折れてしまうんじゃないかというくらい痩せ細っていた。その変わりようは、酷すぎて目も当てられない。

「大丈夫か？」

生田は里聖の顔を見ると死んだような顔のまま小さく頷いた。

何日も続く取り調べで、里聖も疲れ切っていた。ほぼ一日中、あの小さな密室で同じ質問を繰り返しされるのだ。青山と仲の良かった生田は、自分の倍は取り調べを受けているだろう。その弱り切った様子から、生田の限界が近い事は明らかだった。

「遠藤くん、香穏の事……」

「聞いた。母親を殺したって。一体何があったんだ」

「分からないの……何も……」

そう言って生田は遠くを見つめた。

里聖と生田は何日も続く取り調べから解放され、久しぶりに外で会っていた。

公園のベンチに二人で腰掛ける。生田は厚手のセーターに赤いチェックのマフラーを巻いていた。気が付けば、もうマフラーを巻く季節になったのだ。

「刑事にあの事件の事を聞かれたけど、全部知らないで通しておいた」

「ありがとう」

「でもそろそろ隠し通すのもキツい。警察はもう青山が犯人だと確信を持っているみたいだ」

「遠藤くん……私どうしたらいいの……？

香穏が警察に捕まらないように、って、その為に頑張ってきたのに……」

いつもは堂々としている生田がこんな弱気になった姿など見た事がない。

「母親を殺した罪は免れないが、もう一つの件は俺達が黙ってれば何とかなるはずだ」

「警察の人、香穏の事何も教えてくれないの……今無事なのかも、ご飯ちゃんと食べてるのかも分からなくて……」

生田は寒さからなのか、肩を小刻みに震わせながらそう言った。里聖は自分が着ていたジャンパーを生田にかけてやる事しか出来なかった。それしか出来ない自分がとても不甲斐なかった。

「もう少し耐えるんだ。何を聞かれても知らないと答えるんだ」

「来年もみんなで花火出来るかな」

生田が唐突にそう言った。

「出来るさ。あいつもやりたがってただろ。今度はちゃんと会場に行って目の前で花火を見よう！」

里聖は出来る限り明るい声でそう言った。来年も三人で花火をするのは無理な気がしたが、隣で今にも泣きそうな生田を見たら、そう言うしか無かった。

そして里聖は、久しぶりに会った生田の様子から、まだあの事は生田には伝わっていないと判断し安堵していた。

あの女の子の死因が本当は頭を打ったものではなく、水死だと知ったら生田は本当に死んでしまうかもしれない。しかし、いつその事が生田に伝わるかも分からない。それが恐ろしかった。

「今日はありがとう。久しぶりに会えて嬉しかった」

生田は去り際、今日初めて見せた笑顔で小さく微笑むと、家へと帰って行った。その後ろ姿が角に曲がって見えなくなると、里聖は反対方向に向かって歩き出した。自宅には帰れなかった為、今里聖は児童相談所で暮らしていた。家族はバラバラになり、もう弟達にも会えないだろう。そう思うと弟達に申し訳なく、悲しい気持ちになった。自分はもう天涯孤独の身も同然なのだ。風が里聖の鼻先をかすめ、鼻がツンとした。

＊

真っ白な壁に、壊れた映写機みたいに繰り返し同じシーンが流れる。

そのシーンには僕と、誰だか分からない女の人が登場する。僕はその女の人も知らないし、そんな記憶も無いのだが、何故か鮮明にその時の会話を覚えている。恐ろしいくらいはっきりと正確に。その時の部屋の匂いとか、時計の音とか、そんな事までも。今日は、いつもやって来る白い服を着た人に、その時の話をしようと思う。僕は事情が分からないので、その時の会話だけを正確に伝えるつもりだ。

＊
＊
＊

「何かあったの？　顔色が悪いようだけど」

「別に。何もない」

「でもそんな真っ青な顔して、何か塾であったの？」

「何もないって言ってるじゃん」

「今日お父さんから聞いたわ。塾に刑事さんが来たのよね」

「……」

「何を聞かれたの？」

「母さんには関係ないだろ」

「あるわ。私は××の母親よ」

「……」

「お母さんには話せない事なの？」

「……」

「私は××の味方よ。怖がらずに話してみて。もしかして、あの夜双葉川に居た事で何か聞かれたんじゃないの？」

「っ……！　なんで母さんがそれを知ってるんだ！」

「ちょっと、どうしたの？　いきなりそんな大声出して……」

「母さんもグルなの？　あの刑事と一緒になって僕を捕まえようとしてるの？」

「何を言ってるの？　××を捕まえるだなんてそんな事するわけないじゃない」

「嘘だ！！！　母さんは僕を監視してたんだね？　ずっと僕の事を監視して、それを警察の人に報告してたんだろ！」

「そんな事したつもりはないわ。××、お願いだから落ち着いて……」

「母さんが僕を駄目な息子だと思ってる事も全部知ってる！　ピアノコンクールも母さんが裏で手を回していた事や、中間テストの結果を剝がすように先生に頼みに行った事も全部！！！！」

「駄目な息子だなんてそんな事思うわけないわ。全部××の為にやった事なの。××の事を思ってやった事なのよ」

「うるさい！！！　母さんは僕の気持ちを考えてくれた事なんて一度もないじゃないか！！！」

「なんて事を言うの？　私は××の事なら誰よりもよく知ってるわ。どんな××でも私は愛してるのよ」

「僕が人殺しでも？」

「何を言っているの？」

「僕は人殺しだよ」

「冗談でもそんな事聞きたくないわ。今すぐにやめて」

「冗談じゃない。どうして双葉川に居たのか聞いたよね？　あの双葉川の事件の犯人は僕だからだよ」

「何をでたらめな事言って……」

「でたらめじゃない。本当だ。あの日学校帰りのあの子に声をかけて河川敷まで連れ出したのは僕だ。人を呼ばれそうになったから突き飛ばして殺したんだ」

「嘘を言わないで！！！！！」

「嘘じゃない。母さんが馬鹿にする不良少年の彼は僕を庇って自首してくれたんだ。母さんが嫌っている彼女は僕を助けようとしてくれたんだ」

「××、騙されてはいけないわ。あの二人に何か変な事吹き込まれたんでしょ？　××がそんな事するわけないもの」

「母さん。本当に僕の事を信じてくれないんだね」

「でも……だって……」

「自分の息子が人殺しってそんなに信じたくないの？」

「やめて……やめて……」

「今まで大切に育ててきた息子が、医者になるはずの息子がこんな事になって本当は安心してるんでしょ」

「やめて……」

「これでようやく育てなくて済むって思ってるんでしょ」

「そんな事思ってないわ……」

「母さん、僕はもう母さんの奴隷はうんざりなんだ。これから僕は警察に行く。警察に行って本当の事を話す」

「ダメよ！　そんな事してはいけないわ!!　××が居なくなったら私……」

「それは近所に僕の事を知られるのが怖いからでしょ？　自分が人殺しの母親だって知られたくないからそんな事言うんでしょ？」

「違うわ……私は本当に××を愛してる……」

「嘘をつくな！！！！！！！！！！！！！！！！」

「嘘なんかじゃ……」

「僕には母さんが嘘をついてる時はすぐ分かるんだ！！！！！　今母さんは嘘をついた！！！！　僕に嘘をついた！！！！　愛してるって！！！！！！！！」

「××！　やめて！　何をしてるの!?」

「母さんが僕を警察に行かせないなら僕は今ここで死ぬよ」

「やめて！　そんな危ないもの今すぐ捨てて！！！」

「じゃあ警察に行かせてよ！」

「××……お願い……もうやめて……」

「うるさい！！！　僕に近付くな!!」

「ごめんなさい……××をちゃんと育ててあげられなくて……ごめんなさい……」

「やめろ……」

「お母さん、××を幸せにしてあげたかっただけなの。今までやってきた事は全て××の為だった……」

「やめて……」

「たとえ人殺しでも私は××を愛してる……」

「うわぁあああああ！！！！！！！！！！！！！！」

＊＊＊

そこで画面が真っ赤に染まり、やがて映像が終わった事を終了する黒色に変わる。僕が「母さん」と呼ぶその女性が何度も口にする単語が、どうしてもノイズが入ったみたいになって聞き取れなかった。僕は、白い部屋の壁に映し出されるこの映像を、毎日飽きる事なく見続けている。

＊＊＊

「それで、その後の彼の様子は？」

「それが、自分の母親も自分の名前も分かっていないようです」

「回復の兆しは見られないのか？」

「現状難しいでしょう」

「そうか……引き続き、カウンセリングを宜しく頼む。何か変化があったら報告するように」

「分かりました」

「しかし憐れな子だ。実の母親も、自分の名前すら忘れてしまうとはね……」

＊＊＊

生田から、花火をしようとメールがあった。こんな真冬に花火だなんて季節外れだと思ったが、生田の願いを叶えてやりたくて早速花火を買いに街に出た。しかし、問題があった。季節外れすぎて、どの店も花火を置いていないのだ。何軒も何軒も店を回ったが、どの店でも花火が欲しい、と言うと怪訝そうな顔をされ、「今時花火なんて置いてない」と言われた。ようやく街外れの小さな雑貨屋にワンセットだけ置いてある花火を見つけた時、心から歓喜した。五百円玉で買った花火を片手に、街中を歩き回ったせいでくたくたの足を引きずって帰った。しかし、生田に花火を買えた事を報告するメールを打っていると、自然と頬が緩んだ。最近の生田はすっかり元気を無くし、連日続く取り調べに疲れ果てていたから、これが少しでも生田の気晴らしになれば、と思ったのだ。メールを送って十分と経たず、生田から「早速明日やろう」と返信が来た。

次の日、午後一時過ぎに指定された待ち合わせ場所に着くと、生田は既に到着していた。ベージュ色のダウンコートに、白いマフラーをしている。俺の姿を見つけると、生田は胸の下で小さく手を振った。

「悪い、待ったか？」

「ううん、今来たところ」

一カ月前より、生田は明らかに弱っていた。前はサラサラとしていた艶のある黒髪も、今は手入れがされていないのかガサガサだったし、ただでさえ色白の肌は、死人なのではないかというくらい白くて、見るからに不健康そうだった。

唇は皮が剝け、切れたところから血が滲んでいる。青山の事で、生田は相当追い詰められていた。何度も何度も聞かれる質問に同じ答えを返すのも、限界が近いようだった。

青山が犯人なのではないか？

いいえ、知りません、と。

青山の事がテレビで放送され、この街は悪い意味で有名になってしまった。小学四年生が殺され川の中に捨てられるという残忍な事件と、中学生が母親を包丁で刺し殺すという世間を揺るがす大事件が短期間に同じ街で起こったのだ。そのせいなのか、この街は環境に良い街づくりのモデル市から降ろされた。青山の安否も全くと言って良いほど分からなかった。今どこにいるのかも、無事なのかも分からない。生田にしてみれば、気が気ではないだろうと思った。生田が青山の事をどれだけ大事に思っているか知っているから、生田の気持ちを考えたら辛かった。そんな日々を送り続け、生田は精神的にも弱りきってしまったようで、学校に来る事が少なくなった。しかし、学校ではどのクラスも青山の話で持ちきりだったから、逆に来ない方が生田の為かもしれない。

「じゃあ行こう」

そう言って生田は歩き出した。その隣を少し遅れて歩いた。生田は街とは反対方向に向かっていた。一体どこへ向かっているのか聞きたかったが、何だか聞くのを躊躇った。斜め後ろから見る生田の横顔は何だか危うくて、声を掛けたら壊れてしまいそうな気がした。やがて、四十分程歩くと磯と潮の混ざった独特な香りが漂ってくる。

幼い頃からこの街に住んでいる俺にとって、すっかり慣れ親しんだ匂いだ。そして、段々と風が冷たくなってくる。ダウンコートのポケットに手を突っ込みながら十分程歩くと、生田は目的の場所に着いたのか立ち止まった。

「着いた」

「海？」

目の前いっぱいに、広大な海が広がっていた。薄々生田が海に向かっている事には勘付いていたが、いざ真冬の海を目の前にすると、思わず疑問の声が出た。真冬の海で花火をするなど、聞いた事がない。

「ここは私のお気に入りの場所なの。海を見てるとね、自然と気持ちが落ち着くの」

かつて、あれだけ凛としていてよく通った生田の声は、死にかけの子猫みたいに小さく、細かった。

この街の一つの観光スポットでもあるこの海は、例年ならサーファーで賑わっていたが、やはりあの事件の影響か閑散としていた。幼稚園くらいの女の子と、その両親と思われる家族が一組いるだけで、あとは人っ子一人いない。花火をするのに良さそうな場所を探しながら砂の上を二人でトボトボと歩く。思ったより砂の中に深く足を取られ、靴の中に砂が入ってきて気持ちが悪かった。

「ねぇ、遠藤くん。海の水ってね、地球の中から生まれたんだよ」

「中から？」

「そう。海の水は元はガスの水蒸気が雨になったものなの。そうして一億年かけて海が出来たの」

「そうなのか」

「だから海は大きな水たまりって呼ばれてるんだよ」

「初めて知った。またお前に一つ勉強させられたな」

「こんな事、図書室に行けば本に書いてあるよ」

生田はなんて事ない顔でそう言った。

「私ね、小学五年生の時初めてこの街で海を見たの。その時、こんなに沢山の水は一体どこから来たんだろうって不思議だった。遠藤くんは不思議に思わなかった？」

「俺は物心ついた頃にはもうそこにあったからな。そう言えば特に気にした事はないな」

「私は不思議だった。だから、早速本で調べたの。それから私はここがお気に入りの場所になった」

「そんなお気に入りの場所を俺に教えていいのか？」

「遠藤くんは、友達だから」

そう言って弱々しく微笑む生田に胸がチクリとした。

「本当は香穏も連れてきてあげたかったんだけど……」

青山の名前を出した途端生田の表情が曇った。それを見て、俺も暗い気分になった。

「ここにしよう」

生田は砂浜の真ん中で立ち止まると、砂の上に腰を下ろした。どこまでも続く砂浜に、ここが真ん中なのかどうなのかも分からなかったが、俺も生田に倣って隣に座った。

「夏祭りの日に三人で花火やったよね。遠藤くんが穴場スポットだって言って団地の裏の駐輪場探してきてさ」

今日の生田はやけによく喋る。

「あぁ」

「あの時の香穏、初めて花火やった、って凄い喜んでてさ、私も笑顔の香穏が見れて嬉しかった」

「そうだな」

遠くの方で、先程の家族が砂浜の上で駆けっこをしているのが見えた。

女の子が父親より大分先の方にいて、母親の方にどちらが先に着くか勝負しているみたいだった。

「線香花火、私本気でやったのに、結局一番やる気の無かった遠藤くんが勝っちゃったよね」

「あれはあんまり力を入れすぎないのがコツなんだよ」

「そうなのかぁ。じゃあ次やる時試してみるよ」

よーい、ドン！　と母親が声を張り上げ、それを合図に女の子が勢い良く走り出した。その後ろを父親が追いかけている。

「あの時私、ずっとこんな幸せな時が続きますように、ってお願いしたの」

女の子はハンデなのか父親より先の方からスタートしたが、ハンデにしては明らかに差がありすぎる。母親と女の子の間までは数メートルしかないのに、女の子と父親の間は五十メートルくらいある。

「落としちゃったから叶わなかったけどね」

そう言って生田は寂しげに笑った。

案の定、先に母親の元に着いて喜んでいる女の子は、「パパ～ゆうかもう先に着いちゃったよ～！」と面白そうに笑っている。俺はその様子をぼーっと眺めた。

「遠藤くんは何をお願いしたの？」

「俺は何も願ってない」

「つまらないなぁ」

「自分の力で出来る事は自分でやる主義なんだよ」

立派だね、そう言って生田は今度は地面の砂をいじり出した。生田が砂を手のひらで掬い、指の間から砂がサラサラと零れ落ちる。

「あの家族が行ったらやろうか」

生田がそう言い、俺達はそれから特に会話をする事なく海を眺め続けた。

風で飛んできた水しぶきが顔にかかって、舌で唇の端を舐めてみたら塩辛かった。どのくらいそうしていただろうか。

もう一時間くらいそうしていた気がする。やがて家族が帰ると、本当にこの海には俺達二人きりになった。

しかし、生田はなかなか花火をやり始めようとはしなかった。俺も何だか声をかけにくくて、ただ生田の事を待った。生田はずっと海を見ていた。今、その頭で何を思っているのだろう。俺には分からなかった。あいつなら分かったのだろうか、とふと思った。

やがて生田が思い出したかのようにようやく花火セットに手を伸ばした。

事前に持ってきた小さなロウソクにマッチを擦って火を点ける。海風でゆらゆらと揺れる小さな火は消えてしまうんじゃないかというくらい心許なかった。

二人ともただ黙って花火をした。真冬の海で花火なんて、周りから見たらおかしな二人だと思われるかもしれない。大量の花火セットは二人でやるには多過ぎて、消化するのに時間が掛かった。

次第に辺りが橙色に染まっていった。日の入りだ。地平線の向こうに見える太陽は大きく、花火をしながらそれをぼーっと眺める生田の顔が橙色に染まった。

何故だかその様子から目が離せなかった。前にもこんな事があった気がした。俺が二回目に生田と屋上で会った時、太陽の光が水たまりに反射して、それを受ける生田がキラキラと輝いて見えたのだ。太陽の光を浴びる生田の顔はどこか愁いを帯びていて、儚かった。あの時はそんな生田を綺麗だと思った。しかし五月と違ったのは、生田のその顔は物悲しく、それを見ると胸がズキズキと痛んだ。

やがて手持ち花火を全て消化し、残ったのは線香花火だけになった。

「ほとんど終わっちゃったね」

「あぁ」

「遠藤くんは何か叶えたい願いはないの？　自分じゃどうにも出来ない事」

「そうだな、あるにはある」

「じゃあそれをお願いしてみたらいいよ」

「そうする」

二人で線香花火を手に取って、火を点けた。じっと動かずに火を見つめる生田の横顔はやっぱり夏祭りの時みたいに真剣だった。真冬の線香花火はとても弱々しかったが、懸命に命を燃やそうとしていた。生田も、俺も、今度は火を落とさなかった。ありがとう、遠藤くんのアドバイスのおかげだよ。そう言って笑った生田は、今日初めての心からの笑顔だった。

最後の線香花火に火を点けた時、生田がボソリと呟いた。

「このままずっと終わらなければいいのに」

何も言えなかった。俺も同じ気持ちだった。でも、ここで同調するのも何だか無責任な気がした。

「ねえ、この砂浜の砂を砂時計にしたらどれだけの時間になるんだろう」

「さあ、六十年くらいはかかりそうだな」

「じゃあその砂が全部落ちるまでここにいようよ」

そう言って生田は悲しそうに笑った。その笑顔が痛々しくて、頷かざるを得なかった。

「あぁ、そうしよう」

そう言うと、生田は安心したような顔をした。しかし、生田も俺も分かっていた。そんな事は出来るわけがないと。二人とも分かっていて、そんな無謀な約束をしたのだ。

花火を全て終えると、それから二人で太陽が落ちる様子を眺めた。地平線の向こうに沈んでいく太陽の光が水面を照らし、キラキラと輝いていた。その海の上をかもめが鳴きながら飛んで行く。

二人とも何も話さなかった。

やがて太陽が落ちると、辺りは薄暗くなった。

「遠藤くん、ごめんね」

生田が泣きそうな声でそう言った。

「謝るなよ。何も出来なかったのは俺の方だ」

小さな声でそう言った。

涙声なのが聞こえないように。


二人でゆっくりと波打ち際まで歩いた。うねるような波から跳ねた飛沫が身体にかかった。

「ねぇ、刑事さんが言ってたの。本当はあの女の子の死因は水死だって。それって本当？」

「嘘だよ。お前を動揺させる為の嘘だ」

「そっか、良かった」

生田は心から安堵したような表情をした。

「遠藤くんはさっき何をお願いしたの？」

「無事でいられますようにって」

「私も、二人とも無事でいられますように、ってお願いした。落ちなかったからきっと叶うよ」

「そうだな、きっと叶う」

生田は気付いているのだろうか。俺がその願いをするという事は、俺自身ではどうにも出来ないと分かっているからだ。

俺は、最後まで無力だった。生田の事を守れず、生田の願いでもあった青山を守る事すら出来なかった。それどころか、生田を傷付け、こんな状態になるまで追い込んでしまった。こんな時、なんて声を掛けたらいいか分からなかった。自分の不器用さに嫌気がさした。隣で震えている生田の手を握ろうか迷った。しかし、俺がその手を握る資格など無い気がした。

「今までありがとう」

「俺こそ……ありがとう」

何年かぶりに口にした言葉は何だか慣れなくて、恥ずかしさからなのか視界がぼやけた。生田が泣かないのに俺が泣くなんて格好が悪い。

「行こう」

そう言って生田が一歩を踏み出した。

俺も同じように歩き始める。

波の音が段々大きくなる。

足先から頭のてっぺんまで一気に冷え、あまりの冷たさに頭がキンとした。怖くないと言ったら嘘になる。自分でも情けないが、恐怖で手が震えていた。しかし、生田と一緒なら怖さも半分になる気がした。

最後に生田が俺の名前を呼んだ。

波の音がうるさくて生田のその声をちゃんと聞きたかったのに、途切れ途切れにしか聞こえなかった。

――ありがとう――明里。

最後に俺が言った言葉が彼女に届いているかは分からなかった。

酒井　彩名（さかい　あやな）
2000年生まれ。神奈川県出身。

【受賞歴】
第９回公募　養徳社エッセイ賞大賞受賞（18歳）

傷弓の小鳥

2021年10月14日　初版第１刷発行
著　　者　酒井彩名
発 行 者　中田典昭
発 行 所　東京図書出版
発行発売　株式会社 リフレ出版
〒113-0021　東京都文京区本駒込 3-10-4
電話（03）3823-9171　FAX 0120-41-8080
印　　刷　株式会社 ブレイン

ISBN978-4-86641-441-6 C0093
Printed in Japan 2021